GOBOOKS
& SITAK
GROUP©

三日月書版

三日月書版

焚情熾

涅槃

三日月書版

BL024

墨竹——著

目次

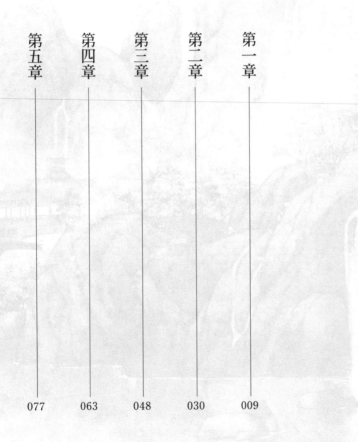

1

天地之間風雲流轉，重重陰雲被陽光衝破，一道道光束投射到異常平靜的海面，如一幅恢宏畫卷次第展開。

居然到了這個時候，才發覺這片自己從出生後，千萬年間不曾遠離的水域是何等美麗。

蒼王孤虹露出一抹微笑，此刻他正站在凸出海面的礁岩之上，手中緊緊握著的，是他的兄長白王奇練臨死前交託給他的東西。

到了生死攸關的時刻，居然還想著依靠原本你死我活的對手，奇練到底是怎麼想的？

孤虹嘲弄似地笑著，攤開的手掌裡有一塊質地奇特的彩石，那石頭色澤七彩，又好似通透玉石一般晶瑩美麗。

「奇練，你從來都不會看人，或者說，你一直活得太清高了。」他對著石頭輕聲說著，「你今後可要改了這個毛病，不然還是要吃大虧的。」

說完，他咬住自己的長髮，拉開衣領摸索到肩背，直到觸及那起伏的鱗片。他深深地吸了口氣，生生把其中最大的一片拔了出來。

若要拔出龍鱗，化出真身會少許多痛苦，但是此刻的情勢，又怎能容許他做那麼大的動作？孤虹眼前發黑，幾乎站立不住，冷汗沿著他的下頷滴落，背上湧出的鮮血重新浸透了斑駁的戰甲。

他吐出了沾血的頭髮，顫抖著把那片金色龍鱗貼到了彩石上。頓時一道白光穿透而出，附著到了他的鱗片之上。

孤虹拈起龍鱗看了一眼，隨即一彈指，把它遠遠地拋入海中。

眼角看到天邊泛起紅光，他不再耽擱，隨即向著邊界飛去。

那閃耀著微弱光芒的龍鱗順著波浪晃了一晃，沉入了漆黑深海。

就要抵達邊界之時，遠遠看見雲端有不少影影綽綽的人影，孤虹握緊劍柄，加速飛過去。

「來者何人？」只聽有人喝問。

「你們是誰的屬下？」看到那些列隊整齊的士兵們穿著水族的戰衣，孤虹不禁面露喜色，「可是接到城中告急，特意……」

「我還以為太淵那傢伙又在耍什麼手段。」有一個聲音從這些水族士兵的身後傳了過來，「沒想到他還是知道信用這兩個字怎麼寫。」

孤虹神情一凜，剛有些放鬆的心轉瞬又繃緊了。

士兵們左右分開，方形的席榻被抬到了前面，半躺在那上面的人穿著飾有水族紋樣的衣物，眼睛的部位用錦帶纏繞著。

「把人截住！」那個人下了命令，士兵們圍了上來。

「北鎮師……我記得你！」孤虹瞇起眼睛，這才明白難以破解的四方界陣為什麼會被火族輕易突破，「怎麼？你也要叛出水族了？我就說非我族類，其心必異！」

「他傷得很重。」青鱗從靠著的錦墩上直起身子，「你們小心些，不許弄死了。」

「哈哈哈哈……」孤虹仰頭大笑了一陣，輕蔑地說，「你想殺我？憑你，還不配！」

「到了這種地步，你還這麼嘴硬也是不容易。」青鱗的怒火從心頭燒起，「你不是看不起我嗎？今天就讓你死在我這條『看門狗』手裡，看你還有什麼好得意！」

「不知天高地厚的傢伙！」孤虹哼了一聲，「北鎮師，你恐怕是低估了我……」

「青鱗，你怎麼還不動手？」孤虹話還沒有說完，不遠處有人在喊，「小心遲則生變。」

孤虹一聽到這個聲音，臉色變得鐵青。

「太淵！」他咬牙切齒地念著這個名字，「你還有膽追來！」

「你我兄弟一場，我本不想趕盡殺絕。」在他身後停下的太淵嘆了口氣，「但是皇兄你一日不死，我就一日不能安心，不得不這樣咄咄逼人。」

緊隨而來的熾翼聽到太淵語焉不詳的斷句，別有深意地看了他一眼。

孤虹沒有答話，他只是猛然轉身，一劍刺了過來。

孤虹本是水族的護族神將，能和火族赤皇熾翼相提並論，力量又怎容小覷？雖然此刻身受重傷，這一劍的鋒芒還是讓太淵慌張撤讓。

旁觀眾人只覺得眼前紅影一閃，就看見赤皇熾翼站到了太淵身前，臂間寬闊的紅色綢帶迎著孤虹的長劍捲了過去。

孤虹側轉劍身斬斷綢帶，隨即感覺長劍好像被什麼柔韌之物絞纏住了。他仔細一看，瞧見有一條火紅的長鞭，一端握在熾翼手裡，一端纏在他的劍上。

熾翼一個用力，引偏了孤虹使力的方向，讓他踉蹌著朝衝前出了幾步。

孤虹只覺四肢僵硬沉重，像是被捆綁住了身體，幾乎用不上半分力氣，緊接著心口傳來一陣劇痛，眼前湧上一片猩紅的顏色。他低下頭，看到那隻刺進自己胸口的手掌，看到了和自己近在咫尺的人。

北鎮師！

劇烈的疼痛讓孤虹找回了能夠活動的感覺，而青鱗出乎意料的舉動，讓熾翼也變了臉色，手上握著的鞭子不由得一鬆。

孤虹趁著這個機會，一劍斬了下去，目標就是伸進他胸口的那條手臂。

青鱗只得縮手，一道血箭順著他的動作從孤虹胸口噴湧出來，濺了他一身。

青鱗往後退了很遠才停了下來，孤虹非但無力追趕，甚至連站立都沒有辦法做到，只能單膝一屈跪了下去。心臟生生撕裂的感覺讓他痛不欲生，非但臉色一片死白，嘴唇也幾乎沒了顏色。

熾翼看到青鱗手裡拿著的那樣東西，皺起了眉頭。

雖然鮮血淋漓，但還能看出，那是一半大小的心臟。沒人會想到，青鱗竟硬生生地挖了孤虹一半的心臟出來。

青鱗根本顧不上其他，他感覺著手中黏稠溫熱的感覺，心中充滿了無法抑制的激動。

「九鰭青鱗，若食神龍之心，食之……化龍……」他喃喃自語，在眾人不敢置信的目光裡，仰頭吞下了那半顆心臟。

只有太淵了然地看著這一切，似乎這種場面早在預料之中。

「這到底是怎麼回事？」熾翼的臉色不太好看。

「說來話長，我也不知道怎麼解釋才好。」太淵目光複雜地看著搖搖欲墜的孤虹，「如果要說原因，也許是因為皇兄不巧生為純血神龍，而北鎮師大人則是九鰭青鱗罷了。」

眼睜睜看著青鱗吃下了從自己胸中挖出的半顆心臟，從未有過的恨意充斥著孤虹的意識。他仔細地看著眼前這個人，把這人的模樣深深刻進了腦海。

胸口不停湧出的鮮血止住後，他慢慢站直了身子。

眼睛裡映出了全身纏繞著金色和青色光芒的青鱗，孤虹知道他正在全力融合吞下的半心。他握緊了劍柄，凝聚全身力量，舉步走了過去。

總有一天，要親手殺了他！要一寸寸地割下他的肉，剁碎他的心！但是現在……

孤虹腳尖一點，用盡全力往太淵站立的位置衝去。

太淵抱著旁觀的態度站在一旁，他以為照著孤虹性情，怎麼也不會饒了青鱗，沒想到他竟然朝自己衝了過來，不免吃了一驚。

這一失神，孤虹已經來到了面前，太淵情急之下顧不上多想，從懷中取出了一樣東西，朝孤虹照了過去。

可孤虹不知用了什麼法子，眨眼間就繞到他的身側，一劍往他的頭顱招呼了過來。

太淵拿在手裡的那樣東西散發出強烈光芒，似乎急欲脫離他的掌控。眼見孤虹的劍刺過來，太淵只能鬆手後退。孤虹一劍沒能刺中太淵，另一隻手卻正好抓住了落下的那樣東西。

「蝕心？」孤虹拿著那面鏡子，看清了鏡子背面刻著的文字。

那鏡子黑沉無光，拿在手裡也沒什麼反應，但是只要看太淵此刻臉色，就知道這東西別有用處。孤虹腦中靈光一閃，隱約猜測到了鏡子的來歷，把鏡子收到了自己懷裡。

「孤虹！」這時，熾翼一個錯步，再一次攔到了他的面前。

「不要攔我。」孤虹舉起長劍，「你讓我先殺了他，然後我立即自盡，我和他一死，什麼都是你的了。」

「不！」熾翼搖了搖頭，「我不會讓你殺他。」

「既然你已經達到了目的，留著他還有什麼用？」孤虹瞇起眼睛，「你不會連養虎為患這麼簡單的道理也不明白吧！」

「這種事用不著你操心。」熾翼絲毫不為所動，「我說不行就是不行。」

孤虹看著熾翼，兩個人、兩雙眼睛近在咫尺地對望著。並不是很困難，他就從熾翼的眼睛裡找到了某些東西……

「原來是這樣。」孤虹的表情從疑惑變成了嘲諷。

熾翼先移開了目光，臉上有一種無法說清的複雜表情。這是自孤虹認識他之後，第一次見他在自己面前示弱。

「熾翼，你的下場一定比我淒慘百倍。」他不無惡意地笑著，「我會等著看的！」

熾翼臉色一沉，反手一掌擊在孤虹受了重創的胸口，把他打飛了出去。

孤虹藉著這股力道飛出很遠，就要落下的一瞬，他一個翻身，凝聚最後一點力量，用鮮血畫出遁返的咒語。

「北鎮師！你今日挖去了我一半的心臟，他日我要你用整顆心來償還給我！」青鱗醒過來時，還能聽見孤虹的聲音在整個東海上空迴盪。

誰都沒有想到，孤虹竟然在這樣的情況之下，依然能夠脫逃而去。

「不用追了。」熾翼伸出手，攔住了意欲追趕的眾人。

「開什麼玩笑！」青鱗大怒，「還有半心我沒有取到！」

「熾翼……」連太淵也露出了焦急。

蒼王孤虹可不是什麼善男信女，要是被他得到喘息的機會……

「我說不用追了！」熾翼沉下臉，「你難道覺得我那一掌是在幫他拍灰？」

「孤虹受了那麼重的傷，又被你打了一掌，居然還能逃得掉。」青鱗語帶嘲諷，「難道你想告訴我們，你法力不濟，所以力不從心？」

「如果你覺得是，那就是了。」熾翼似笑非笑，一臉「我就是故意」的表情，「至於那半心……北鎮師大人，真是對不起，方才我用力過度，好像不小心擊了個粉碎呢！」

「你！」

「怎麼，想和我動手？」熾翼一揚眉，「如果我是你，就會立刻去找個安靜的地方，不要浪費了那吞下的半心。小心忙了半日，到最後關頭功敗垂成。」

說完，他故意看了身邊的太淵一眼。

青鱗暗自咬牙，「今日之事我先記下了。赤皇大人，我們後會有期！」

「好說。」熾翼做了個相請的手勢。

「恭喜赤皇大人。」太淵看著青鱗率眾離去，臉上一副無喜無憂的平靜表情，「從今日開始，這四海八荒，都在您的掌握之中了。」

熾翼許久沒有回答，太淵轉頭看他，卻正好見他捧著頭，整個人往自己身上倒來。

太淵嚇了一跳，連忙伸手攙扶。

「你這是怎麼了？」太淵只覺得觸手所及，都是一片滾燙，「熾翼，你怎麼了？」

「太淵。」熾翼在他懷裡抬起頭來，臉色白得可怕，「若我說我很快就要死了，你心裡會不會覺得高興？」

太淵一愣，立刻就說：「你胡說什麼？」

熾翼虛弱地朝他一笑，「若你現在想要我的性命，不過是易如反掌的事情。」

太淵被他身上炙熱的溫度嚇到了，完全沒有聽到他在說什麼，「熾翼，你是病了還是受了傷？」

熾翼愣然地看著他，隨即擁住他的肩膀，低低地嘆了口氣。

「我沒事，你不用擔心。」他輕聲地說：「我會如此虛弱，是因為涅槃的時日就要到了。」

「涅槃？」太淵當然知道涅槃對火族是何等重要的大事，「你怎麼不早說？」

「這種事怎麼能讓別人知道？」熾翼推開他，朝他身後看去，「我現在不就在告訴你嗎？」

太淵轉過頭，看見天邊泛起紅雲，知道火族大軍就快到了。

「我能做些什麼？」

熾翼沒有回答，只是看著由遠及近的火族眾人。

太淵看到那些宛如漫天火焰而來的紅衣戰將，被氣勢所懾，一時也有些出神。

熾翼這時卻問：「太淵，如果我說我想要紅綃的命，你怎麼辦？」

太淵看著他。

「她懷著共工的孩子。」熾翼與他擦身而過，站到了他的背後，「光是這個理由，就足夠讓我殺了她。」

「不許殺她。」

「注意你的語氣。」從語調也聽不出熾翼有多生氣，好似只是隨口提醒一聲，「太淵，不可以這麼對我說話。」

雖然說不上責備，那口吻就像是大人對自家孩子的教訓。在熾翼看不到的地方，太淵的臉色即刻陰沉了下來。

「天地親族都已經毀盡了，你究竟做到什麼樣的地步才會罷手？我又想要得到些什麼？」熾翼仰起頭，「你對紅綃的眷戀，真的有這麼深嗎？或者，只是因為你不甘心……」

許久，太淵都沒有回答。

熾翼又問：「太淵，你現在依然想要紅綃是不是？」

太淵還是沒有回答，甚至沒有轉身看他。

「就算她要生下共工的孩子，你也毫不在乎嗎？」熾翼閉上眼睛，「你應該知道，不論是我或者共工，紅綃所看重的，不外乎是我們代表的權力。這樣的女人，到底有什麼地方值得你戀戀不捨？」

「你不該這麼說她。」

「你的心裡，很清楚事實如何。」熾翼冷笑著告訴他，「她已經毀了水族，我不會讓火族也滅在她的手裡。」

「這一切和紅綃毫無關聯。」

「我說，你這傻瓜！」熾翼回轉身，伸手揉了揉他的頭髮，「難道你到現在，還以為能夠得到紅綃的心？」

「為什麼不能？」太淵渾身一僵，推開了他的手，「我想要的東西，當然能夠得到。」

熾翼愣愣地看著他。

「你這孩子真是冥頑不靈，心怎麼可以比作東西……」熾翼說到這裡，沒有再說下去。

因為火族大軍已經到了近前，紅衣飄搖的紅綃赫然就在其中。

太淵往前迎了過去，一隻手卻自身後按住了他的肩膀。

「熾翼，你這是什麼意思？」他沉聲問道：「別以為我會一直退讓。」

「太淵，你不會這麼天真吧！」熾翼的聲音也很低沉，「我可不會犯下和共工同樣的錯誤。」

「你要做什麼？」

「自然是要……永絕後患！」最後四個字，熾翼說得格外堅定。

太淵的肩膀變得僵直。

「紅綃帝后，妳來得正好！」熾翼鬆開太淵的肩膀，向紅綃走了過去。

「赤皇。」自從到了之後，紅綃始終冷眼望著熾翼，臉上滿是倔強不屈的表情，「你準備怎麼處置我？」

「太可惜了，帝后。」熾翼走到她身邊，輕聲嘆氣，「往往走錯一步，回頭已是千難萬難，妳說對不對？」

「水族覆敗，我又身懷共工之子，赤皇大人要如何處置都在情理之中，我又怎麼能有怨言？」

「說得真好！」熾翼撫掌大笑，「有妳這樣一片真心的妻子，怪不得共工要一頭撞死在不周山上了。」

紅綃聽他這麼說，臉色即刻變得蒼白。

「不愧是從我火族嫁出的公主，到了這個時候，還能這般地氣節凜然！紅綃，妳果然不簡單！」熾翼俯首在她耳邊，用只有他人能聽到的聲音問：「妳以為在他面前裝模作樣，就能討到什麼好處？」

「我不知道你在說什麼！」紅綃握緊拳頭，用力地瞪著他。

「不知道？妳以為我當初是信口開河，只是想要嚇嚇妳嗎？」熾翼為她理好有些凌亂的鬢髮，「紅綃，妳現在對我已經沒有用處了，妳說我該怎麼處置妳才好？」

紅綃的臉色難看至極。

「妳不是總有辦法，能把劣勢扭轉為優勢嗎？」熾翼嘴角帶著微笑，繼續說著，「讓我看看，妳要怎麼帶著這個得來不易的孩子，從這場改天換地的變革之中全身而退吧！」

紅綃渾身發軟往後倒去，幸好被身後的侍女扶住，才不至於跌下雲間。

「水族帝后，的確高貴尊榮。」熾翼神情冷厲，「但這高貴尊榮的頭銜是用什麼換來的，別人不知道，難道妳自己還不清楚？」

「熾翼！」紅綃甩脫了扶住她的侍女，淒厲地喊著，「你要殺就殺好了，別想羞辱我！」

「羞辱？」熾翼眼中閃過冷光，往前踏出一步，甩手打了紅綃一個耳光。掌摑聲清脆響亮，猝不及防的紅綃被打得往一旁跪倒。

「你！你……熾翼！你竟敢……」紅綃捂著自己的臉，都快要喘不上氣來了。

「妳還在我面前說什麼羞辱？」熾翼自上方俯視著她，「紅綃，妳活著就是整個火族的羞辱！」

「赤皇！」太淵聽不下去了，「紅綃怎麼說也是我父皇的妻子，你這樣對她太無禮了。」

「太淵，我知道你存了什麼心思。本來作為回報，我也該成全你們。」熾翼冷笑著垂下眼睫，「可只要她還懷著共工的孩子，你也不敢要她吧！」

「這件事我自有打算。」

「你就是把簡單的事情往複雜了想，又把複雜的事情想得過於簡單。」熾翼轉頭過去看他，「別的不說，自作聰明這方面，你和她倒真是天生一對！」

太淵氣得要命，但他知道這個時候和熾翼翻臉百害而無一利。為了顧及大局，他只能苦笑著忍下了熾翼的刻薄諷刺。

「我知道水族看似元氣大傷，但你在暗中早就做好布局。我此刻把紅綃交給你，就再沒有任何牽制你的能力。你說，我會不會那麼傻？」

「赤皇未免太看得起我了，我怎麼可能……」

「這四海八荒，最不能被看輕的人就是你七皇子！」熾翼舉手制止了他的辯解，「我見識過你對付共工的手段，可不想落得和他一樣的下場，從這一刻起，你我還是保持些距離為好。」

「赤皇的意思是……」

「從今天開始，你太淵就是東海的主人、千水之城的城主。東海以內，不論你做什麼，我熾翼絕不干涉。」熾翼神情傲然地望著他，「但是以雲夢山煩惱海為界，西蠻藏城、北野昆侖全數歸入我火族領地。如果有人膽敢冒犯，就別怪我不念舊情。」

說完，他對身邊的化雷使了個眼色，化雷心領神會地扶起紅綃。

「等一下！」太淵見熾翼轉身，連忙攔到他面前。

「你沒聽清楚我說什麼嗎？」熾翼把雙手攏進寬大的袖子裡面，「還是七皇子對我的安排不太滿意？」

「謝謝赤皇大人的美意。」太淵緊緊地皺著眉頭，「可我根本不想當什麼東海的主人，我只要求赤皇大人答應我一件事。」

「我就知道……」熾翼低頭輕聲說了句什麼。

「赤皇大人。」太淵加重了語氣。

「紅綃一定要跟著我回去。」熾翼仰起頭，有些輕蔑地說了一句，「只要我還活著，你就沒有機會得到她。」

「為什麼？」太淵一時心急，想要上前拉住他，「不論什麼條件我都能答應，只要……」

「太淵，見好就收。」熾翼退了一步，讓他的手落到了空處，「在我看來，你到現在還只是個不知自己在做什麼的孩子。不要再為自己尋找藉口，你怎麼也該學著長大，為自己的所作所為負起責任了。」

那時，太陽在熾翼背後顯現。

一身豔麗紅衣的赤皇站在金色光芒中，根本沒有人能直視。

太淵覺得自己被那光芒灼傷了眼睛，因為他眼前忽然變得漆黑一片。過了很久，他才擺脫了那種黑暗，重新看得到東西。

只是，他眼前已經什麼都沒有了。目光所及，空空蕩蕩的天地之間，又只剩下了他一個人。

熾翼，熾翼，熾翼……

太淵如同在念著某種咒語，把這個名字念了一遍又一遍。

他恨熾翼！

在這一刻，太淵比任何時候都肯定這一點。

也許熾翼曾是他的憧憬、他的仰慕、他所希望能夠與之比肩的目標，但現在，他對這個人只有恨。

因為就在剛才，他忽然瞭解了。火族的赤皇永遠只能是自己的一個憧憬、一個仰慕，是一個永遠無法比肩的目標。

已經用盡了辦法，還是無法追上那個人，因為他是有翅膀的，他翱翔在天上……

就算今天自己一手導演了天地間最慘烈的滅族之變，讓共工、奇練、孤虹這些自命不凡的傢伙們統統敗在了手下，依然沒能在熾翼眼裡找到半點讚嘆驚訝。

熾翼看著他的目光，和千百年前初見時沒有兩樣，仍然把他當成一個沒有長大的孩子！

「熾翼！總有一天，我會讓你後悔看輕了我！」太淵仰天大叫，「你等著！你給我等著！」

直到回音徹底消失在群山大海之中，太淵才重重呼出了一口氣。微笑再一次爬上了嘴角，他揮開摺扇輕搖，一派悠閒地往千水之城的方向飛去了。

他太淵想要得到的東西，從來沒有得不到的。

未來的日子，還有很長……

2

一向熱鬧的南天棲梧，安靜得有些異乎尋常。

沒有人能夠真正說得清，為什麼隱然成為神族共主的熾翼，會沒有進行任何祝捷歡慶的儀式。只是有傳言，赤皇在與水族戰鬥時受了傷，傷得非常嚴重……

華麗宮殿深處，重重簾幕之後，熾翼正無力地靠在長榻上。

「大人，這樣下去不是辦法。」化雷跪倒在他面前，「我求求您，為了自己更為了火族，您也該……」

「閉嘴！」熾翼遮住了自己的眼睛，「我不是讓你別提這件事了？」

「我知道大人您在顧忌什麼。」化雷握緊拳頭，「可是您為七皇子付出如此之多，他絲毫都不知情啊！何況以他的為人，就算知道大人您為他做了什麼，恐怕也不會心存感激。」

「我從來不需要他的感激。」熾翼淡淡笑了，「何況從一開始，我就有自己的打算。」

「但東溟天帝說，只要大人去找他……」

「事情遠比表面上看起來更複雜。」熾翼撐著長榻坐了起來，「與其指望東溟，我更信自己。」

化雷心裡萬分焦慮，卻不知道該怎麼勸他。

「紅綃那邊情況如何？」熾翼取過床邊的水樽想要喝水，但才沾了沾嘴唇就皺著眉放下了。

「深居簡出，不曾與人接觸。」

「看緊些，我不怕她玩什麼花樣，就怕……」熾翼似是聯想到什麼，聲音越說越低，末了輕聲嘆了口氣，「但願和我想的一樣，那孩子……」

「赤皇大人，那孩子留著總是禍患，不如……」

「你親自去走一趟。」熾翼放下水樽，拉下了披在自己肩上的七彩輕紗，「把這個送去給紅綃，讓她把胎殼裹在裡面。」

「這怎麼行？」化雷激烈地反對，「沒了千光琉璃帛，大人您怎麼辦！」

「這東西對我沒什麼作用，不過那孩子還未化形，千光琉璃帛應該能夠有所助益。」

「我真不明白大人您的想法！」化雷大聲地打斷了他，「您到底為什麼要忍受這樣的痛苦？只要殺了紅綃公主吃了她的心，什麼問題都能解決了！」

「閉嘴！」熾翼被化雷的語氣觸怒，本是要跳起來訓斥的，但看到他著急的樣子，最後還是沒有發作，轉而用輕鬆的語氣說，「雖然心脈是神族精竅所在，可也不是萬靈之藥，能夠醫治所有傷病。況且，就算這法子真的有用，我也沒有辦法像青鱗那樣，面不改色地吞下那麼噁心的東西。」

他說完就笑了，但化雷一點也不覺得哪裡有趣。

「赤皇大人……」

「不用再說了。」熾翼跨下臺階，把手中的琉璃帛遞給他，「幫我把這個給紅綃，告訴她若孩子無法破殼出世，那也是天意註定，還是不要強求的好。」

「是。」化雷只能雙手接過彩帛，從地上站了起來，「臣下告退。」

「化雷。」熾翼喊住了他。

「請放心，臣下不會多嘴。」化雷停下後退的腳步，黯然地說：「只是我希望大人您在做任何決定之前，要多想想整個火族的榮辱存亡。」

熾翼躺回長榻上，閉上了眼睛，好像沒有聽到他說什麼。化雷一臉不甘地退了出去。

化雷離開後，熾翼睜開眼睛，嘴角浮現嘲諷笑意。

火族的榮辱存亡……

他起身走到窗前遙望天空，看著看著就出了神。直到耳邊傳來爭執和腳步聲，才把他驚醒過來。

「是誰？」他隔著簾幕問。

「啟稟赤皇大人。」仍然是化雷的聲音，「是紅綃帝后，我已經告訴她大人身體不適，但她堅持要見您。」

「赤皇熾翼，我有話要對你說。」

「是嗎？」熾翼垂下眼睫，「那妳進來吧。」

自從回到棲梧，他和紅綃就沒有見過，果然紅綃一見到他，就露出了驚訝的表情。

「你怎麼了？」紅綃脫口就問：「熾翼，你的臉……」

「找我有什麼事？」他看了紅綃一眼，「妳生產之後不是很虛弱？怎麼不好好休養，還到處亂跑？」

「你以為我想見你？」紅綃把手上的東西丟了過來，「這算是什麼意思？」

輕柔的絲帛飄落到地上，飄到了熾翼腳邊。

「化雷沒告訴妳？千光琉璃帛對那孩子有好處。」

「他說了。」紅綃防備地後退了一步，「可他說不出你這麼做是什麼用意。」

「我能是什麼用意？」熾翼彎腰把七彩絲帛從地上撿了起來，「我若是想殺妳，也不用等到今天。」

「別再裝模作樣！」紅綃咬著牙，「你遲遲沒有對我動手，無非是想要利用我們母子，和太淵交換那些東西而已！」

「你說那些破銅爛鐵？」熾翼仰頭大笑，「既然共工活著的時候我都不怕他，有什麼理由要怕那些只能用來唬人的東西？」

「昔日的熾翼不怕，今天的赤皇卻是未必，畢竟今時早已不同往日。」紅綃冷笑著，「照目前情形來看，若是太淵用那些法器對付你，你根本無力抵擋。」

「所以妳才敢這麼放肆？」熾翼點了點頭，「很好啊紅綃！我看妳是越來越有長進了！」

「你……你用不著嚇唬我！」就算有刻意的成分，但多年來對熾翼的畏懼已成習慣，紅綃心底有些發怵，「我不管那是不是真的，總之你不要想利用我們母子和太淵作為交換條件。這孩子是共工留給我唯一的骨血，我一定會好好地保護他。」

「這個孩子有多大價值，我和妳一樣清楚，不用一再提醒我。」熾翼直接說破了她的用心，「但妳別忘了，太淵他是什麼樣的人？只要是阻礙了他的，最後都逃不脫毀滅的命運。強者如共工、祝融，尚且是那樣的下場，何況是一個還未成形的胎殼？」

「我怎麼會忘記呢！」紅綃收起了笑，嚴肅地對他說：「就是因為這天下間除了你以外，再沒有人牽制得了太淵，我才會乖乖跟著你回到棲梧。」

「妳太看得起我了。」熾翼背負雙手，望著窗外的蔚藍蒼穹，「其實妳有沒有想過，以太淵對妳的執著，或許妳動之以情，他能夠包容這個孩子也說不定。」

「太淵？我可不敢奢望。」紅綃搖著頭苦笑，「就算他真心愛我，這樣可怕的人、這樣可怕的愛，我又怎麼敢要？」

「真該讓太淵聽聽，他付出這麼多究竟換來了什麼。」熾翼哼了一聲，「妳覺得太淵容不下這個孩子，我就能容得下？說不定落在我手裡，你們母子更加危險。」

「不會的！」

「這麼肯定？」

「我聽說，你就快要浴火涅槃了。」

熾翼閉起眼睛，在心中長長地嘆了口氣。

紅綃冷笑著說：「這消息是太淵透露給我的，他想通過我試探這個消息是不是真的。」

太淵果然不信……

「你不會殺這個孩子，因為你需要一個能夠壓制太淵的籌碼。」紅綃盯著他，「不然，你也不會把千光琉璃帛送來給我。」

「說得真好！」熾翼點著頭，甚至慢條斯理地鼓起掌來，「紅綃，我聽說妳最近和東溟天帝走得很近。想必是得了他的啟示，才能把利害分析得如此通透明白。」

紅綃的臉色變了。

「我不知道妳打什麼主意，可我勸妳別把東溟當成救命稻草。」熾翼展顏一笑，「想要利用東溟的人，最後都不會有好的結局。妳只要看太淵寧願大費周章繞過他，就該知道他碰不得。」

「赤皇大人多心了，我有再大的膽量，也不敢冒犯東溟天帝。」紅綃對他彎了彎腰，「不過赤皇大人的關心，紅綃記下了。」

「我言盡於此，妳聽不聽得進是妳自己的事情。」熾翼懶得和她囉唆，「不過妳說的也未嘗沒有道理，太淵是火族的心腹大患，我總是該留一手防他。」

紅綃聽到他這麼說，臉上流露出了喜悅的神情。

「我答應妳，只要這個孩子能順利出世，火族會全力支持他，他會有能和太淵相抗的實力。」

等他說完，紅綃已經跪在了他的面前，鄭而重之地說：「皇兄，我不知道該怎麼感謝你。」

「不用急著謝我。」熾翼把手上的七彩絲帛丟給了她，「妳還是好好想想怎麼克制水火相沖，讓那孩子不至夭折吧。」

如彩霞一般美麗的絲帛在半空輕盈飛舞，最後輕柔地落在紅綃肩頭。紅綃抬頭看著從頸邊蜿蜒而上，幾乎占據熾翼半邊臉頰的印記，不禁生出目眩神迷之感。

那印記明明猙獰可怕，但出現在熾翼臉上，不知為什麼卻透出一種異乎尋常的神祕優美。他渾身上下難以遮掩的光彩，在千萬年後的今天，依然一如初見時耀眼奪目。

每一個人都已經千瘡百孔的今天，為什麼只有熾翼……

「皇兄，為什麼呢？」紅綃的聲音帶著輕微的恨意，「你為什麼飛得那麼高那麼遠，為什麼好像永遠遙不可及？你知不知道，我、回舞，還有碧漪，我們每一個人都不知不覺地在追趕著你，希望能夠接近或者超越你。為什麼我們用盡全力撐到今天，卻還是離你這麼遙遠？」

「紅綃，妳聽說過嗎？說是我鳳凰一族失伴之時，心頭之血會和淚流出。」

「是啊，我聽說過。」紅綃笑了起來，「只是共工死的時候，我沒有哭。只要一想到他是為什麼人、為什麼事而死，我根本就哭不出來。」

「我也沒有見過，所以不知道那是不是真的。但是我最近總想到這件事，然後想說鳳凰于飛，本該也是有一鳳一凰才對。」熾翼靠在窗邊，神情流露出了一絲寂寞，「只可惜這世上純血鳳凰死的死傷的傷，不可能再配出一對了。」

紅綃低下頭，呆呆地看著自己身上那條千光琉璃帛。

「妳知道嗎？回舞死的那天，我流了眼淚。不只是為了回舞，更是為了我自己。因為我真的試著要停下等一個人的時候，卻根本沒有人給我機會。」熾翼輕聲地問，「為什麼要殺了回舞？妳不知道我一個人飛，總是會寂寞的嗎？」

紅綃渾身一顫，整個人坐到了地上。

「這世上曾經有過能和我比翼雙飛的凰，但是死在了妳手裡。我也設想過能和某個人永不分離，但那始終只是無法實現的夢。所以，妳以後別再說這些讓我傷心的話了，免得我控制不了自己。」熾翼揮了揮手，「現在，出去吧！」

東海，千水之城。

兩人在水汽縈繞的高臺上，對面坐著下棋。

「新帝君你如此心不在焉，是在為何事心煩？」青鱗看了看凌亂的棋局，又看了看對面的太淵，「作為臣下的我，能否為您解憂？」

「北鎮師大人還是直接叫我的名字吧！」太淵苦笑了幾聲，「你是知道的，我從一開始就沒有稱帝的打算。開開玩笑無妨，被有心人聽了去，就不太好了。」

「的確，現在還不是時候。」青鱗點了點頭，「水族元氣大傷，暫時也不得不看熾翼的臉色過活。」

「北鎮師大人到現在還記恨赤皇嗎？」太淵抬起眉毛，帶著幾分試探。

「記恨？我感激他都來不及，怎麼會記恨！」青鱗笑了一陣，目光卻陰鬱得可怕，「他對我的那一番天大恩惠，總有一日會好好回報給他。」

「聽大人話中的意思，莫非有了什麼打算？」太淵眼睛一亮，「大人今日親來千水之城，果然不是專程為找我下棋敘舊的吧！」

「我倒喜歡下棋，不過和心不在焉的對手下棋，真是一點意思也沒有。」青鱗索性放下了拿在手裡的棋子，「我這次來，是聽到了一個極其有趣的消息。」

太淵靠在椅背上，輕輕搖著摺扇，「不知是什麼消息？」

青鱗走到圍欄旁，往外眺望著茫茫東海：「自共工撞倒不周山，也已過去近千年了啊！」

「九百五十六年，也不是多麼長久。」太淵停下了搖扇的動作，語氣裡帶著吃驚，「大人何以發出這樣的感慨？」

「一千年都不到，對我們來說或許不是很長的時間。」青鱗背負著雙手，閉上了綠色的眼睛，「但是對於地上那些壽限短促的半神來說，一千年也算十分漫長了。」

「華胥女媧的那些後代，的確是很有趣的生靈。」太淵用扇子半遮住臉，笑著說，「不過以你北鎮師大人的身分，怎麼會突然關心起那些下界半神？」

「七皇子已經把目光放到下界，我怎麼還敢漫不經心？」青鱗的嘴角浮起微笑，「對你七皇子，我可是常懷著惶恐之心。」

「大人太多疑了。」太淵站了起來，走到青鱗身邊，「如今我被困在東海，整日裡無所事事，然後想起水族輝煌榮耀之時，難免有些後悔昔日的一時衝動。女媧造的半神也算是我水族遺民，我見他們過得艱難……」

青鱗側過頭來，讓他把後面的話嚥了回去。

「你不信嗎？」他問青鱗。

「半個字都不信。」青鱗老實地回答，「你太淵怎麼會做毫無目的的好事？」

這回答引來太淵一場大笑。

「知我者，也就是北鎮師大人你了！」太淵唰的一聲攏起扇子，「我才是那個常常心懷惶恐的人啊！生怕要是走錯一步，有負大人對我的期望。」

「太淵，雖然我知道你在計畫些什麼，可總想不明白有什麼用意。」青鱗目光中帶著深思，「共工一脈固然傷亡殆盡，世間可用的神族也為數不少，你偏偏選那些軟弱無力的半神族……你走的這一步，值得好好琢磨。」

「現在還為時過早，要是此時說穿，事情就毫無樂趣了。」太淵狡猾地笑了，「北鎮師大人放心，我可以向你保證，這對你我來說，都是一個妙不可言的契機。」

「我當然相信，七皇子參與的事情，哪一樁不是妙不可言？話說回來，七皇子難道不會擔心？」青鱗語調一轉，似乎有滿腹憂慮，「容我說句冒犯的話，雖然七皇子才智過人，但熾翼的頭腦也絕非共工、祝融之流能夠相比。他把千水之城交給七皇子掌管，不過是暫時借你壓制水族，一旦你我有所異動，他一定會即刻發難。對於這一點，七皇子又是如何考慮？」

「赤皇不但法力莫測，心思更是難以捉摸，要猜中他心裡想什麼實在太困難了。」太淵的笑容也變得淡了，「瞻前顧後往往會錯失良機，我就是這樣想的。」

他說得隱晦，青鱗和他對望了半晌，也沒能看出什麼。

「熾翼此刻大權在握，你我都要小心翼翼仰他鼻息。七皇子想積蓄與之抗衡的實力，也不是一時半刻能夠做到。」青鱗苦笑著說：「我不奢望會有什麼妙不可言的契機，只是想提醒七皇子，你可別犯下捨近求遠的錯誤。」

太淵哦了一聲，詫異地問：「這話怎麼講？」

「水族看似已無能和熾翼相匹敵者，但還有一人，七皇子為何從未加以考慮？」

「大人是指我那冷情寡欲的叔父？」

「不錯！只要有法子說動寒華與我們聯手，加上七皇子的聰明才智，我們就勝算在握了。」

「我又何嘗不想？」太淵遙遙往北方看去，嘆了口氣，「叔父心中沒有絲毫欲望與情感，要想打動他談何容易？」

「誠然如你所說，把主意打到寒華身上的確有些異想天開。」青鱗彎起嘴角，「但在其他人看來再不可能的事情，七皇子你不是都已經一一做到了？所以我更加相信，以七皇子的心智手段，這世間只有你不想做，沒有你做不到的事。」

「北鎮師大人真是……」太淵被他說得又一陣大笑，「大人對於赤皇的怨恨之心，還真是絲毫不減啊！」

「共工死時說了不共戴天，我和熾翼之間同樣如是。」青鱗冷笑著說，「其他於我來說都不重要，不殺熾翼我絕不甘休！」

「我知道了。」太淵收起笑容，神情嚴肅地對他承諾，「若沒有大人對太淵多方扶持，我又怎麼會有今天？不論大人有什麼心願，我都會竭盡全力達成。」

「真是這樣就太好了。」青鱗從懷裡掏出一方疊好的絲絹遞給他，「這天地的未來和我青鱗的心願，就此全部託付給七皇子了。」

「這是……」太淵接過在手中展開看了，臉上流露出疑惑的表情。

「如你所見，這是我們青鱗一族代代相傳的《虛無殘卷》副本。」

「什麼？」太淵這時的驚訝可半點不假。

「七皇子怎麼了，我這舉動能讓你如此意外？」他驚愕的表情讓青鱗相當滿意，「雖然你從未對我提起，但我知道你一直有心於此，只是礙於禮數難以開口。我今天把殘卷謄寫給你，一來是表明我與你合作的誠意，二來嘛，也是因為折服於七皇子的聰明才智，想看看殘卷在你手中將如何大放異彩。」

太淵顧不上答話，目光已經離不開手中絲絹。

「虛無之陣變化無數，但萬變不離其宗，一切奧祕已經盡在這殘卷之中。」

青鱗走到太淵身邊，和他並肩看著那方寫滿蠅頭小字和畫著詭異圖形的絲絹。

「我青鱗一族耗費萬年才能熟練運用其中一小部分，便已讓熾翼深為忌憚，如果七皇子你能自其中有所領悟……」

他輕輕拍了拍太淵的肩膀，轉身走向臺階。

「果真是稀世異寶！」太淵的手有些發顫，喃喃地自言自語。

青鱗走到臺階邊，回頭見到太淵一臉凝重地盯著絲絹，嘴角露出了笑容。

他望向天空，瀰漫在千水之城上空的升騰水汽遮擋了視線，也遮擋住了廣闊無邊的天空，讓一切看起來曖昧不明。

「改天換地……真是有趣呢！」他帶著笑容，大步踏下了臺階。

太淵的手不再發顫，從青鱗走下高臺那一刻起。

他把那方珍貴的絲絹慢慢疊好，放進袖中，然後重新拿起一旁的扇子，一步一步走回方才與青鱗對弈的桌邊。

他把黑子和白子分開，一粒粒地收回盒中，不過片刻，棋盤已經整理乾淨，縱橫線格上一粒棋子也沒有了。

盯著空空的棋盤看了一會兒，太淵從棋盒中各自抓取了一把棋子，排放在棋盤上。一半黑子一半白子，在棋盤中央排成一列。

太淵手中摺扇輕輕一動，那列棋子的其中一粒立刻消失不見，再一動，另一粒化為了晶瑩粉末……

最後，棋盤上只剩下兩粒棋子，一黑一白，遙遙相對。

太淵盯著那粒黑子，扇子也在黑子周圍來來回回地劃著圓圈。

「你早知道總有一天會是這樣……有什麼好猶豫的呢？」他輕聲地對自己說，「不然的話，這一切又有何意義？」

扇子最終停了下來，就停在那粒黑子上方。扇子上天青色的流蘇從他手背滑落下來，輕柔地把黑子包覆其中……

3

兩千年後——

南天，棲梧城。

他安靜地趴在樹叢後面，等著邊叫他的名字邊找他的侍女們跑遠。

等到確定周圍沒人了，他才小心地從樹叢裡鑽出來，拍掉黏在身上的樹葉和塵土。

他轉過身，看向自己要去的地方。

在他身後，有一座就算他仰起頭也不能完全看清樣子的高樓。那就是他一直被告誡不可以去，但是他一直想去的地方。

紅色巨木盤繞著支撐起了高聳入雲的樓宇，他沿著一圈一圈往上盤旋的樹幹攀爬，中間滑下了無數次，被粗礪的樹幹劃破了手腳和臉頰，卻不曾有過半點退縮的念頭。

不知爬了多久，樹幹越來越細，風也越來越大，他根本睜不開眼睛，只能整個人趴在那裡，艱難地往上挪動著。可是很快，他連這樣的動作都沒有辦法做到了。

就在他被困在原地動彈不得的時候，突然一陣猛烈的大風把他從樹幹上颳了下去。

他張開嘴想要喊叫，卻什麼聲音都發不出，眼前的一切開始顛倒過來……

緊接著，他聞到了一股難以形容的香氣，而且被風颳得在半空轉圈的身子也跟著停了下來。

他低著頭，看著自己的鞋子一路撞擊著樹幹，掉到了看不見的地方……好像有點……可怕！

「嗯？」有個聲音在他耳邊響起，「這是什麼……」

因為領子被人緊緊抓著，他費了些力氣才抬起頭。出現在他眼中的，那是……

火！

一片紅色的、熾熱的火焰朝他捲了過來，嚇得他閉起了眼睛。可接下去，他覺得有東西滑過了自己臉頰，卻一點都沒有燒灼的感覺。

「原來還知道害怕。」

他睜開眼睛，才看清楚那不是火，而是一塊紅色的輕紗。那顏色明亮鮮豔，在風中不斷飄動，看上去才像火一樣。

輕紗貼在他的臉上，讓他什麼都看不清，只能憑著感覺知道自己被向上拎起。

「不太像啊！」

那聲音忽然清晰起來，把他嚇了一跳。

接著他發現耳邊呼嘯的風聲忽然消失了，眼前也是明亮了起來。他被放到了堅實的地上，紅色的輕紗也離開了，他吃驚地看到了一個很香又非常美麗的陌生人。

「這個痴痴呆呆的樣子……」那人側過頭，漆黑的頭髮從肩頭滑落，「倒是有點像了。」

他不由自主地伸出了手，抓了一縷黑色的長髮在自己手裡，傻傻地朝那個美麗的人露出笑容，還是用那種張著嘴、平時不被允許的笑容。

那人瞇起了漂亮的眼睛，也跟著笑了起來，「這麼看起來，還真有些兄弟的樣子。」

他又看了那人一會兒，鬆開抓在手裡的頭髮，摸了摸自己的臉。可是摸來摸去也沒摸到，他不滿地把臉皺成了一團，

「怎麼了？」那個人把臉湊到面前問他，「你在找什麼？」

他一隻手撐在那個人的膝蓋上，小心地伸出另一隻手，輕輕地碰了碰那些漂亮的紅色羽毛。

「喜歡我的鳳羽？」那人看明白了他眼中的渴望，「這個不能給你。」

他失望地坐回了地上，眼睛一直沒有離開那些漂亮的羽毛。

看他這樣，那個人輕聲嘆了口氣：「怎麼這種表情，好像我在欺負你一樣……」

那人用自己的袖子幫他擦臉，他眼睛一眨不眨地盯著看。

「這麼久了，還沒學會說話嗎？」那人停下來問。

他捂住嘴打了個呵欠，順勢躺了下去，還自動自發地把頭枕到了那人的膝上。

「臉皮挺厚的，這一點也很像。」那人像在抱怨，卻沒有把他推開。

他換個了更舒服的姿勢，很快就睡著了。

他是被吵醒的，因為聽見有人在大喊自己的名字，於是他揉了揉乾澀的眼睛，慢慢從地上坐了起來。

那個聲音很熟悉……

他一睜開眼睛，就對上了母親驚惶的面孔。

「蒼淚！蒼淚！」

「紅綃，妳這麼緊張做什麼？」他聽見身後有人對母親說：「再怎麼說我和他也算血親，難道會把他吃了不成？」

蒼淚懵懵懂懂地回過頭，看到那個美麗的人正懶洋洋地靠在那裡。

「蒼淚，怎麼這麼沒有禮貌？」母親的聲音有些奇怪，像是在發抖，「還不快點過來向赤皇大人行禮！」

赤皇大人？這個美麗的人，是那個很可怕很可怕的赤皇大人嗎？受到了驚嚇的蒼淚手腳並用地爬了起來，飛快躲到了母親身後。

「怕我嗎？」那人對著他笑了一笑，「是不是有人對你說了我的壞話？」

「赤……」

「怎麼，我不能和他說話？」那人看了看母親，母親立刻就不說話了。

蒼淚被嚇壞了，整個人都縮到了母親背後。

「哎呀！」那人輕輕地喊了一聲，「好像被討厭了。」

「蒼淚，出來給赤皇大人行禮。」母親用發抖的手把他從身後拖了出來。

「紅綃妳做什麼？別嚇壞了孩子。」

他偷偷看到那人皺著眉，似乎變得很不高興。

「請您原諒，這孩子實在是……」

「好了！」那人打斷了母親，「妳把他帶回去吧！」

母親好像鬆了口氣，道別之後連忙抱起他，慌慌張張地離開了那座高樓。

在半空中他忍不住抬起頭，看到那個人趴在朱紅色的欄杆上望著自己，黑色的頭髮和紅色的衣服在風裡飄蕩著。

在很高的地方，只有一個人……

「蒼淚……為什麼是這種不吉利的名字？」熾翼趴在欄杆上看著紅綃的背影遠去，「那孩子有些怪異，不過他的出身來歷不同尋常，和尋常水族有所差異也不意外，如果我猜得不錯……」

厚重的紅色幕布後面走出了一個人影，一言不發地走到了他的身後。

「怎麼不說話？」熾翼轉過身，笑著問道：「太久沒見就感覺疏遠了嗎，凌霄？」

凌霄單膝跪地，「凌霄不敢。」

「怎麼，你還在生氣啊。」熾翼笑了一聲。

「絕對沒有！」凌霄抬頭看著他，「我怎麼敢生您的氣？」

「你如今雖然說不上隨心所欲，至少是沒有在我身旁的顧忌束縛。」熾翼垂下眼睫，看著膝上的小塊水漬，「難道你還不滿意？」

那孩子也流口水啊！

「我倒覺得從來沒有什麼自由的生活，我早就被困住了……」

「沒有人困住你。就是因為你有這樣的念頭，才把自己困住了。」熾翼站了起來，「沒有得到，所以才心心念念不願甘休，這只是一種好勝之心。」

「他也是嗎？」

「凌霄，你這是怎麼了？」熾翼沒有生氣，反而露出了笑容，「為什麼變得咄咄逼人？是不是蚩尤背著我給你氣受了？」

「我真不知道您到底在想些什麼。」凌霄抓緊了自己的衣襬，「如果那麼想得到他，為什麼不放手去做呢？現在的話，他不會……」

「他當然不會拒絕我，可是我對那樣的方式一點興趣也沒有。」熾翼彎腰握住凌霄的手，把他從地上扶了起來，「除非有一天，他心裡眼中只有我一個，否則就永遠沒有站在我身邊的資格。」

「赤皇……」凌霄呆呆地望著他，「你這樣驕傲地活著，難道不辛苦嗎？」

「除了驕傲，我還能有什麼？」熾翼望著欄杆外廣闊的天空，「也不知會不會真有那麼一天……」

「赤皇大人！」

「怎麼了？」熾翼看了看凌霄緊抓著自己的手，好笑地問。

「不要走。」凌霄沒有笑，因為在他眼中，方才衣袂飄揚的熾翼宛如就要展翅飛往天外去了。

「別傻了，我能去什麼地方？」熾翼輕輕掙脫了他，半躺在長榻上，輕聲地說道，「在這個身體化為塵埃之前，我什麼地方都不會去的。」

「赤皇……」

「凌霄，你今天來這裡只是為了和我聊天？」熾翼再一次望向他的時候，已經恢復了漫不經心的慵懶神情。

「恕臣下失禮。」凌霄一愣，神情黯然地退到了一邊。

「蚩尤終於下定決心了？」

「軒轅氏一再把手伸過邊界，看來他們有心挑起戰爭。」凌霄從袖中取出一份卷軸，彎腰奉到熾翼面前，「這是願意出兵襄助蚩尤，以及那些暗中和軒轅氏有往來，蚩尤正準備動手剷除的部族的名單。」

熾翼掃了一眼，沒有立刻拿過來。

「我聽說你和你的夫人感情很好。」他似笑非笑地問，「你這麼做，不怕她知道了會怨恨你？」

凌霄手一顫，驚愕地抬起頭來。

「請您一定要相信我，我對赤皇大人的忠誠絕不會輸給任何人。」他著急地為自己辯解。

「可是沒有人和你比賽對我的忠誠。」熾翼搖了搖頭，「凌霄，你難道真不明白？我讓你娶蚩尤之女，不是為了藉你控制蚩尤，而是希望你離開這裡，找到新的方式生活下去。」

「我當然知道！我知道您讓我娶她，是要我學會不依附您也能在敵意之中存活，更知道我做這些對您沒有任何意義。」凌霄抿緊嘴唇笑了一笑，「可如果我不這麼做，就會失去對我來說非常重要的東西。」

「你……」熾翼的聲音有些沙啞。

「就像在不周山倒下的那天，您說總是要有什麼代替那座山支撐起天地，我直到最近才漸漸明白這其中的意思。」凌霄低著頭，看著熾翼投映在自己腳邊的影子，「每個人都像我一樣，覺得赤皇大人不需要依靠，也沒人有資格讓您依靠，卻從來不曾想過，不周山尚且有崩壞的一天，血肉之軀又能夠獨自支撐多久？」

熾翼轉過身去，很久沒有說話。

凌霄望著他的背影，只覺得多年前就深植自己心裡的不甘又翻攪起來。

就好像有時，在清晨傍晚望見天邊紅霞，就會想起這個人的身影，想起自己始終不能完全拋卻的奢望……

或許那個人現在還不覺得，但是終究也會和自己一樣吧！

「你說的沒錯，那的確不是隨便什麼人能夠背負的重擔，我也不知道自己能夠支持多久，可這不就是我會站在這裡的原因所在？」

熾翼回過頭來的時候，眼中閃爍著傲視一切的光芒。

「凌霄，回去告訴蚩尤，除非我熾翼閉上眼睛，不然沒人能隨意更改我定下的規矩。對他宣戰就是對我的挑釁，不論軒轅氏背後是誰，他們都只是在自尋死路！」

「是！」

一定會的，那個人一定會瞭解到的！縱然有一天會在生命中分散離別，卻永遠不要妄想能從心裡抹去這個紅色的身影……

自稱黃帝的半神姬軒轅與西南部族的神族首領蚩尤，為了爭奪大地的支配權，於涿鹿之野展開了曠日持久的戰爭。

蚩尤率領的西南部族驍勇善戰，加上火族的支持，黃帝一方節節敗退。但是在蚩尤一方出盡法寶，好似穩操勝券時，情況卻發生了改變。

黃帝手下擁有的能人異士日漸增多，處處壓制了蚩尤不說，連番大戰後，更是有把蚩尤逼上絕路之勢。

遠在南天的赤皇熾翼無法坐視蚩尤失敗，在整整三千年之後，世上的神族與半神族們，終於再一次見到這位幾乎已成傳說的人物。

「共工死了，水族聲勢日微。寒華，你既然不是水族，又何必陷到這種亂局裡來？」熾翼坐在火鳳背上，暗紅色的衣物貼著他的身體迎風繚繞。

「我有我的原因。」明明在殘骸血泊之中，卻沒有沾到半點汙穢，一身冰雪般白衣的男人只是靜靜站在那裡，渾身散發著無比寒冽的氣息。

「你……」熾翼知道他絕對不會為任何事任何人改變決定，所以到了嘴邊的話，也還是嚥了回去。

寒華衣袖一拂，一把剔透晶瑩的長劍出現在手裡。劍氣陰寒，熾翼身後已有不少火族面露懼色。

「無底深湖中的寒冰精魄？」熾翼淡淡一笑，「看來，你今日是有備而來。」

表面雖然平靜，他的心裡卻不免泛起波瀾。

寒華一直是他極為忌憚的人物，這人雖非水族，卻是天地寒氣凝聚的化身，最是克制火族。更何況論及法力，寒華和共工、祝融相去不遠，能與他一戰的火族，也只有自己了。

說動冷漠無情的寒華插手這場戰爭，太淵定然花費了許多心思，所以他的求勝之心，會是如何迫切……

「我不知道你為何回來，但是我可以告訴你，只要我熾翼活著一天，就不會讓半神得到地上的支配權。」熾翼解開身上的披帛裝飾，「神族不是壽命短暫的半神能夠取代。這個世界動盪得太過頻繁，不會是什麼好事。」

「那些我都不懂，也和我無關。」寒華冷淡地回答。

「那麼，這一戰在所難免。」熾翼嘆了口氣，「我當年刻意避開和你動手的時候，就預料到了我們遲早要好好鬥上一場。」

寒華不答，低垂雙眼，眼觀鼻，鼻觀心。熾翼不動，也只是靜靜地站著，絲毫沒有任何破綻可尋。

熾翼摸著鬢角，好像一時無從下手，但下一刻，他就離開了火鳳，往寒華疾衝過去。他手腕處凝聚起絲絲火紅光芒，手指曲張，直取寒華雙眼。

寒華在同一時候足尖一點，對面迎了上來。

誰不知道赤皇的紅蓮之火足以毀天滅地，又有誰能夠不閃不避正面接他這一擊？看見寒華意料之外的反應，熾翼心裡隱約覺得不對，但形勢哪容得他細想，轉眼之間，他與寒華已經正面相對。

寒華一個側身翻開，果然不敢硬接他一擊，熾翼冷冷一笑，也是半空翻轉跟了過去。寒華在一旁的山壁上踏了幾步，轉身灑出一縷寒光，劈開了他拋出的火環。

看他動作之間不甚靈活，熾翼想起當年共工和祝融大戰之時，為了消弱共工一方的實力，太淵曾經設法讓寒華孤身陷入重圍，使他身受重傷。而之前與那麼多神族對陣，若寒華舊傷並未痊癒，自然會受影響，就只怕這其中……

眼前回身刺來的長劍，卻讓熾翼無暇多想。

寒華藉著地勢迴旋起落，熾翼追趕在他身後，數次交手後，眼前漸漸開闊，已能見到高山盡頭霧氣叢生的大海。

「要借水嗎？休想！」熾翼的長鞭握在手中，朝寒華背後揮來。

寒華沒有回頭，手一招，巨大尖銳的冰柱從海中刺出，悉數往熾翼衝去。

「雕蟲小技！」熾翼手腕一抖，火光四射的長鞭立時將冰柱擊得粉碎，可同時被四散的碎冰擾亂了視線。他停了下來，長鞭垂落在身側，擺出防禦的姿態。

忽然腳下的海水沒了聲音，濃烈的寒冷讓霧氣更盛。

熾翼心中不安，再沒有半點猶豫，背朝著來時的方向退了回去。正在這時，寒華無聲無息地從霧裡穿出，一劍遞了過來！

熾翼手一揚，拋出蓄勢已久的火環。

兩人錯身而過，落到了被寒華凍結成冰的海面上。

4

寒華那一劍，在熾翼臉上留下一道血痕，更順勢劃破了他頭上金冠。而熾翼的火環擊中了寒華右肩，這時寒華肩上已經是一片血紅。

怎麼看，都是熾翼占了上風。

他微笑著轉過身，對著寒華說道：「你傷勢一直未癒，又何必來這裡為了別人拚上性命？」

「我的傷早就好了。」寒華開口，聲音直比冰雪還要冷冽，「赤皇，這一戰，你要敗了。」

熾翼立刻意識到不對，衣袖一拂，一股熾熱強風驅散了周圍籠罩的薄霧。

霧氣散盡，他終於看清了自己腳下的東西。

「這是……」熾翼面色大變，「你們居然！」

「勝負已分。」寒華收起手中長劍，像是絲毫不在意唇邊流出的鮮血。

熾翼死死瞪著冰面，在那下面，竟是盤繞著一條金色巨龍的殘軀。

殘缺的巨龍沒有頭尾，龍身也殘敗不堪，若非那仍有餘光的金鱗，幾乎分辨不出這是什麼。

「你居然敢做這樣的事情！」熾翼站在原地，不敢輕舉妄動，「隨意毀壞天神軀體不說，還列出這種逆天的陣法，難道真的一點不怕招來天罰反噬？」

「就算會有懲罰，也是應在太淵身上。」寒華回答，「他說若不用這種法子，殺不了你。」

熾翼終究維持住了冷靜，只是淡淡一笑就接受了這種說法。

他一點也不意外，一點也不吃驚，因為這是必定會發生的事情，早在幾千年以前，他就知道會有這麼一天。

只是……原來今天，就是必定會來的「這麼一天」……

「我總以為最後是要轟轟烈烈大戰一場作為結束，卻沒想到還有如此簡單的辦法。」他笑著說，「太淵，我果然沒有看錯你，你果然是個聰明的孩子。」

他這句話正是對太淵說的。他很明白太淵有多麼謹慎，如此關鍵的時刻，一定是在什麼地方親眼看著這一切。

「寒華。」他淡然說道，「我和火族之後，就會輪到你了，你可要好好保重。」

寒華冷冷看了他一眼，然後轉過身去，轉瞬就不見了蹤影。

熾翼舉目四望，能看到的只有一片白茫幽藍。濃重的白色冷霧還有被凍結成冰的幽藍海面，組成了宛如夢中才能見到的景色。

他清楚地知道，在這平靜美麗之中隱藏著如何可怕的危險。

「我太大意了。」他喃喃地說：「沒有殺了青鱗，果然是最大的錯誤。」

他雖能看出這陣法融合了天地根源之力，卻看不出絲毫破綻。能列出這種近乎完美的陣式，除了虛無之神的直系後裔，再無第二人可想。

但是一轉眼，熾翼又笑了。

「太淵，你這一手的確令我意外，我本該好好誇獎你的，可惜……難道你就這麼看不起我？」他的笑容裡帶著一絲惋惜，「你把我當成了共工、祝融，還是奇練、孤虹？你以為那樣劣拙的誘敵之計，加上這麼個陣式，就能殺得了我熾翼？」

紅色火焰從他腳邊竄升，飛速往四周散去。但和他預料的一樣，差不多就是一眨眼的工夫，火焰變成了一縷縷青煙，無聲無息地消散空中。

他的目的不是破陣，而是要主動觸發陣式。他要讓太淵看看，低估了他熾翼的下場會是如何。

金色光芒從冰面下滲透了出來，如同翻騰的波浪一般不停起伏。光芒如練，一圈一圈把熾翼圍繞在中央，他站在原地一動不動，冷眼看著陣靈現出原形。

散發著冰冷氣息的濃霧之中，光芒慢慢幻化出角爪鱗片，長出了首尾，五官俱全栩栩如生，最後儼然就是一條金色巨龍的模樣。光龍昂首飛上半空，然後低頭俯視著渺小的熾翼，發出了一聲驚天動地的龍吟。

「共工，你簡直失敗透頂！」熾翼冷冷一哂，「堂堂一代帝君，活著被利用得那樣徹底，就連死了也不得安寧，真是可笑可憐！」

陣靈並無思想，對他的話沒有任何反應，發出那一聲震動肺腑的龍吟之後就身形一動，直往熾翼衝了過來。

熾翼不慌不忙，等疾衝而來的巨龍到了近前，才往斜裡踏出一步，整個人折向了一個意想不到的角度，正巧與牠錯身而過。

在錯過的一瞬，他一把抓住了巨龍的犄角，藉著那股衝力翻身踏上龍頭，動作有如行雲流水，一氣呵成。更令人吃驚的是，他絲毫沒有藉助法力，完全靠著精準的計算與靈活的動作，輕鬆地做出了這幾乎不可能做到的事情。

接下來很長的時間，不論巨龍如何騰挪翻轉，熾翼就是穩穩站在兩角之間，怎麼也甩不出去。巨龍被逼得急了，逕自衝上天際，然後一個俯衝往結冰的海面撞了下來。

熾翼隨著巨龍往下直墜，漆黑長髮與紅綢在風裡妖嬈飛舞。

金色巨龍周圍跳躍著閃爍的紅光，那全是因為飛落的高度與速度，足以令風與風之間擦出點點火星。熾翼猛地鬆開雙手，往上飛起的同時從指尖放出了赤紅的火焰，裹著巨龍一同往冰面墜落下去。

要想破壞這由天地本源之氣列成的龍形陣法，就算紅蓮烈火也派不上用處，但是只要能夠融合陣中的力量，以水火之力衝擊，就算破不了陣，至少也能探知陣眼藏在何處。只要毀壞陣眼，這個陣也就等於是破了。

太淵，你和青鱗能想出用水神殘軀彌補陣力不足，已經是值得驚嘆讚賞的創舉，但是用它來對付我，難道不覺得勉強？九鰭青鱗一族當年是滅在誰手上，現在居然藉著我昔日手下敗將的力量來對付我，這不是擺明要讓我嘲笑你的愚蠢？

巨龍帶著火焰，一頭撞進了冰層，共工的殘軀下方，隨之閃出了一陣耀眼紅光。

熾翼手腕一揚，用盡力氣朝發光處揮出鞭子。

可就在要觸到冰面之時，層層疊疊的文字從幽藍色的冰中浮現，隔空擋開了他的長鞭。

熾翼眉頭一皺，略微想了想，伸手拔下了鬢邊的一根紅色鳳羽。

鳳羽是他本命精華凝聚，隨著鳳羽離開髮際，一絲絲的鮮血順著頰邊流淌下來，他的臉色也變得一片蒼白。

「去！」他雙指夾著鳳羽，朝著下方送了過去。

鳳羽在半空化成一團豔麗至極的紅色火焰，翻滾著緩緩落下，就連落到了冰面，依然不停地燃燒著。

那些為數眾多的文字就像被火焚化了一般，逐漸淡化隱去，牢不可破的堅冰也消融不見，讓隱藏其中的共工殘軀跟著露了出來。

熾翼往下稍降，再次甩出長鞭。

殘破巨大的龍身硬是被他的鞭子纏捲著拖到一旁，露出了下方的陣眼。但是那充作陣眼的東西，卻令熾翼大吃一驚。

一個同樣身著紅衣的身影側躺在那裡，懷裡還擁著一個蜷曲的孩童……

「紅綃？」熾翼雙目一瞠，不信在那殘軀下方躺著的，竟是紅綃和她的孩子。

太淵竟用紅綃和蒼淚的性命，作為整個陣式的基石？不！這不可能！蒼淚倒還算了，他怎麼可能會對紅綃……

似乎是聽到了熾翼的聲音，那個躺著的「紅綃」睜開眼，露出了一雙迷惘卻也淡漠的眼睛。

熾翼立刻就認出了那是屬於誰的眼睛。

「翔離！怎麼是你？」

「皇兄……」翔離仰起頭，吃力地對他說：「你把蒼淚帶走。」

「沒想到第一次聽見你說話，卻是在這個時候，說的是這種話。」熾翼低著頭問他，「你不是去宣山找帝女之桑了？蒼淚不是在棲梧？為什麼你們兩個人會在這裡？」

翔離皺著眉頭，努力想要把懷裡的蒼淚舉起。

「既然連他的母親都顧不上他，你費心理這孩子做什麼？」熾翼看著翔離黯然的神情，眼底一片寒冷，「如果你現在還在替紅綃著想……翔離，我看你不只又聾又啞，根本就是又笨又傻！」

「不是。」翔離閉起眼睛，眉宇中一片隱痛，「求你救他，這次我不能再……大哥，求你……」

「你喊我大哥？你這一聲大哥是為了什麼喊的？」熾翼撫額大笑，「翔離，換我求你，求你睜開眼睛看看吧！什麼兄弟姐妹，母子父女……若是有人在意這種薄弱可悲的關係，你和我，還有這個世間，怎麼會變成現在這樣？」

翔離睜開了眼睛看著他。

「可是那些都無所謂，因為你身上流著尊貴驕傲的血，所以你必須活得尊貴而驕傲。這是不論生死榮辱，都永遠不可改變的事實！不論在什麼時候，你想怎樣做就可以怎樣去做，不必退縮畏懼，更不需要猶豫後悔。」熾翼對他搖了搖頭，「沒有什麼值得我們為之低頭，你和我，還有紅綃，我們都是自己決定了自己的命運。就算因此失去重要的東西，也只要坦然接受，然後徹底忘記就可以了！」

「你是熾翼啊！」翔離勉強地對他扯出微笑，「我若能活得像你，我們若能像你一樣……可惜終究……」

「你錯了，我並不是你們所見到的模樣，從來不是。翔離，或許你是最幸運的，至少曾經有一個共工……」熾翼抬起頭，環顧著周圍，「雖然他為你製造了一場可怕的災難，可他愛你遠遠勝過愛他自己。別的不說，至少那種愛是真誠的，也是不需要懷疑的。至於紅綃，一個人想追求自己得不到的東西，就應該要有付出一切的準備，不需要誰去同情可憐。」

「不是的，不是為了紅綃也不是為了共工，只是為了蒼淚……」翔離一向淡然的眼睛，明亮得讓人吃驚，「我想救他，只是為了他……大哥，我做不到，但你一定可以，我求你救他……」

「是啊，我可以，我一定可以的。可是翔離，我終究也是血肉組成，你們到底是從哪裡來的信心，覺得我能做到任何事情？」

「我知道的，我能感覺得到！我們的父親在你身體裡面，所以你可以的……」翔離深深地吸了口氣，輕聲地說：「對不起。」

「為什麼說對不起？你說得很對啊！真奇怪，你好像總是正確的。」熾翼舉起自己的手，看著白皙中透出紅潤色澤的手指，「那你又知不知道，我之所以不動聲色地藉著奇練和孤虹殺了火神祝融，是因為想要他的元珠炙炎。」

翔離沒有回答，只是沉默地看著他。

「祝融死了，比他活著有用多了。」熾翼低頭對他笑了一笑，「翔離，你求對了人。在這個時候，還有可能救你和這個孩子的，這世上也只有我了。」

翔離不是沒有見過可怕的場面，只是共工在他眼前撞向不周山那一幕，對他而言始終是冰冷而近乎虛幻的記憶。但這滿天飄灑而下的豔麗鮮紅，卻熾熱殘忍得令他沒有辦法告訴自己，這真的會是一場虛假幻覺。

是真的！熾翼真的就那樣笑著扯下了頰邊所有鳳羽，又笑著劃開了自己的手腕，連看著那些鳳羽和鮮血在半空融合成滔天烈焰的時候，熾翼也還是笑著。

翔離沒有經歷過，卻是知道的，甚至他要能笑得出來，可能也會跟著一起微笑……天空中，鮮紅漸漸變成金黃的火海，他體內的鳳凰之血自然而然有所感應，然後不由自主產生愉悅。

重生，是要微笑面對的。

雖然已經來遲了幾千年，還是在這個時間這個地點……赤皇熾翼，九天上的鳳之王者，竟是微笑著燃起了涅槃之火。

金色的烈焰聚攏，圍繞在熾翼四周，也圍住了被困的翔離和蒼淚。火焰之中，蒼淚的身體很快就著被厚厚的瑩白蛋殼圍在了中間。

翔離的變化慢了許多，彷彿時光倒轉一般，他的面貌和身體慢慢褪去成年形態，漸漸變成少年模樣。而在這段時間，熾翼的頭髮由黑變紅，又從紅變回了黑，除此以外，他的容貌身形沒有什麼變化。

在翔離被蛋殼包裹起來的那一刻，火焰忽然熄滅了。伺機已久的巨龍從冰下深處顯現出來，緊緊地纏住失去火焰保護的熾翼。

熾翼被勒得吐了血，大量鮮血濺在龍身上，金色光芒構成的龍形變得若隱若現，大有消散的趨向。

這時，一片光芒從熾翼頸邊竄起，形狀纏繞糾結，半是金色半是紅色。這道如文字又如圖畫的光芒投射而出，位置正巧是包裹翔離和蒼淚的胎殼所在。

等到巨龍、光芒、胎殼、火焰，什麼都不復存在的時候，熾翼躺在一片猩紅之間，迤邐的黑髮鋪在幽藍冰面上。

霧氣散去，熾翼眼裡映著清澈美麗的蒼茫藍天，雖然神智清醒，但他已經感覺不到自己的心跳。嘴唇微微一動，豔麗的紅色就沿著慘白的臉頰滑落，融到了身下大片的血泊之中。

他慵懶倦怠地笑了笑，輕聲說了一句：「太淵，你快來……」

太淵的表情很奇怪。

「你明明能破了陣法，為什麼要這麼做？」他跪坐在熾翼身旁，冰冷的表情和語調幾乎能與寒華媲美，「為什麼熾翼，為什麼會是這樣？我知道的你是絕不會這麼做的，你為什麼……為什麼會為別人，連命都不要了？」

「那你說說看，你知道的熾翼會怎麼做呢？」

「你會為了大局，犧牲一切能夠承受的損失。你會殺了翔離和蒼淚，那樣的話你也許會受很重的傷，可你不會死。這個陣本來就不完整，根本就困不住你……」

太淵的聲音越說越高，鮮血順著他的嘴角流淌出來，一滴滴滴落在地上，和熾翼的血混在了一處。

他眼前一片血紅，無力地倒在了熾翼身上，頭就枕在熾翼胸口的位置。

「熾翼，你會死吧。」他把臉埋在熾翼胸前，聲音有些發悶。

「你希望我死？」不知道從哪裡來的力氣，熾翼抬起了手，放到他的頭上，「太淵希望我死，我就會死，太淵希望我不要死，那我就不會死了。」

「熾翼，你是我在這世上最恨的人！只要你死了，你死了就可以了……」

「好啊，那我就死了吧。」熾翼慢慢閉起了眼睛，「不過先說好了，你可要永遠都記得我……」

赤皇熾翼的死，決定了這場上古神族與半神族之戰的最後結果。

神族敗給了從沒有被他們視作威脅的半神，失去了對天地的支配權。赤皇和蚩尤死後，僥倖存活下來的上古神族只得向軒轅氏妥協，退居到不見陽光的黃泉地界深處，並允諾永遠不再回到地面之上。

天空和大地，就在赤皇熾翼閉上眼睛的那一刻，更改了主人。

5

「別喝了。」

她充耳不聞，眼珠泛出了赤紅的顏色。

「夠了！」身後的人冷著聲音說：「妳已經喝了很多，足夠幾年的分量，該停下來了。」

她才不管那個人怎麼說，溫熱甜美的液體令她乾渴多時的身體感到了一絲饜足，她根本不想停下來。

「不能再喝了！」身後的人終於忍耐不下去，一把將她從地上拖起來，「妳這樣毫無節制，遲早會毀了自己。」

她抬起頭，嘲諷地看著那張有些扭曲的面孔。

「紅綃。」那個人意識到了自己態度惡劣，轉瞬就變了溫柔的面容出來，「妳這樣下去，對身體的傷害會越來越大，那樣不好。」

「那又怎麼樣？」她的唇邊血跡斑斑，模樣猙獰，「你不是對我厭惡至極，巴不得我早些去死？」

「胡說，我希望妳活得好好的。」那人從懷中取出絲絹，為她擦去沾到的血漬，「我為妳做了這麼多，妳為什麼到現在還不願意相信我的一片真心？」

「太淵，你騙我也就算了，怎麼連自己都騙？」紅綃大聲笑了起來，「你真是為了我？若真是如此，為什麼在我跟了你三千年之後，卻還是從來都不碰我？」

「因為妳的身子不好。」太淵聞言，越發放柔了表情，「來日方長啊！只要等我找到辦法，讓妳擺脫痛苦，到時候我們就能長久地廝守在一起了。」

「還能有什麼辦法？太淵，你找了多久了？火族覆滅後，整整三千年過去了，真要有什麼辦法，難道還會找不到？」紅綃用力地推開他，「明明眼前有最穩妥的辦法，為什麼你就毫不考慮？說到底，你根本就不想救我！」

「我怎麼可能不想救妳呢？」太淵輕聲地安撫著，「妳別胡思亂想，把一切交給我就可以了。我很快……」

「別騙我了！」紅綃激烈地打斷了他，「你讓我吃了他的心，就一定可以……」

「不行！」太淵斷然地給了答案。

「果然，你果然還是這樣，想也不想就拒絕我！」紅綃回過頭，看著靜靜躺在一片雪白之中的那個身影，「每一天每一刻，我都痛得難以忍受，而口口聲聲說能為我做任何事的你，就只會眼睜睜地看著我受苦？」

「紅綃，我不是說過了？不是我不讓你吃了他的心，是擔心萬一毫不見效，那就連抑制痛苦的辦法也沒有了。」

「那要等到什麼時候？等我死了以後嗎？」紅綃冷冷地笑著，「你不讓我吃他的心也就罷了，可你知不知道，每次我喝他的血的時候，你的臉色有多麼難看？」

「我是在為妳擔心，捨不得妳受那樣的痛苦。」

「是嗎？為什麼我會覺得，你是在為他擔心，你根本是在捨不得他！」紅綃指著那個躺在柔軟床褥中的豔麗身影，「這些年裡，你除了守著他之外，到底做了些什麼？」

太淵沉默片刻，然後把她的手握到自己手裡：「沒事的紅綃，我知道妳很難受，所以才不知道自己說了什麼。」

「是嗎？只要你現在把他的心挖了給我，不論有沒有效，我都……」

「噓。」太淵把手指放在她的嘴唇上，「我們不要再往下說了，好嗎？」

紅綃本想繼續下去，卻因他眼中閃動的冰冷目光而猶豫，最終只是忿忿地揮開了他的手。

「不要喝太多了，他的血雖然能幫妳止住一時的痛苦，長遠來看卻是無益的。」

「我都不知道能活多久，哪裡還管得了那麼多？」

「說什麼傻話！」太淵溫柔一笑，「妳一定累了，先回房裡休息吧。」

紅綃看了他一會兒，才冷漠地走了出去。太淵目送她離開，轉過身走到床邊。

床上的人仍然毫無知覺地躺著，手腕處流出鮮血的傷口已經慢慢癒合。太淵彎下腰，輕輕把殘留的血跡擦拭乾淨。

「你是不是想罵我太寵她了？」指尖流連在那溫熱細膩的肌理之上，他仔仔細細地看著那沉靜美麗的臉龐，回憶著那雙曾經令無數人為之神魂顛倒，現在卻不能再見的眼睛。

「你知道的，我一直那麼喜歡她，自然會多縱容她一點。」他舉起那隻無力的手，十指交纏，貼在了自己頰邊。

「你痛不痛？她真是太過分了……你放心，我會好好看著她的，我會……」他的聲音越來越低，把頭埋在那人修長的頸邊。

「你真的還活著嗎？你真的聽得到我說話嗎？」他在那人的耳邊輕聲喚著，「熾翼……熾翼……」

交纏的手指忽然微微一動。

太淵本以為那只是錯覺，就好像這過去的三千年裡，時常出現的那些錯覺一樣。可是在那種顫動重複了幾次之後，他的心也跟著抽動了起來。

一下，又一下……立刻、又似乎是在許久以後，他抬起了頭。

太淵帶著一絲慌亂抬頭看了過去，那裡有一雙半睜半閉的眼睛正等著他，濃密的眼睫下，瀲灩著整個東海的水色。

這雙眼睛的主人望著他，目光矇矓地給了他一個微笑，讓他的心狠狠一顫。

「你……」太淵那顆七竅玲瓏的心，在對上這雙眼睛的一刻，忽然就變成了一片空白，「你醒了……」

「嗯？」那人從鼻子裡懶洋洋地應了一聲，帶著濃濃的倦意和疑惑，就好像真的剛從一場長眠之中醒來一樣。

「你醒過來了……」其實太淵腦中一片混亂，根本不知道自己在說什麼，「睡了這麼久，有沒有……有沒有覺得哪裡不舒服？」

「嗯！」那人側過身，伸出了另一隻手，在太淵呆滯的目光裡偎了過來。

太淵感覺他的手指沿著自己的五官滑動，留下了一絲熾熱的觸感。那雙眼睛神情迷濛，好像是隔了很遠在看著他。

「你是誰？」和表情相反，他的聲音極為清醒。

太淵驀地站起來，一連退了好幾步，直到撞上了放滿玉石擺設的架子才停下。

這像是避之不及的表現讓他感到疑惑，但他也沒有理會，慢慢從床上坐了起來，四下看了看。

這是一間廣闊華麗卻沒什麼生氣的屋子，到處都是垂墜而下的雪白冰綃和冰冷的玉石裝飾。

他赤腳踏到地上，不滿地皺了下眉，朝一臉凝重呆滯的太淵揚起嘴角，用撒嬌的口吻說：「喂，我很冷啊！」

他身上只穿了一件白色的絲綢長袍，在這陰冷的房間裡顯得太過單薄。但太淵只知道呆呆地看著他，好像根本沒聽見他說話。

「傻瓜！」他瞪了那個沒有反應的傢伙一眼，隨手扯下一片白色冰綃裹到身上。

「你……」太淵臉色一陣青一陣白，顯然還沒有從他毫無徵兆的甦醒中回過神來。

「我？」他挑了挑眉，「我什麼？」

「你……你怎麼……怎麼會……」

「什麼怎麼啊！」他沒什麼興趣地瞥了太淵一眼，覺得這個只知道盯著自己的人看起來傻透了。

他轉眼瞧見了通往外面的大門，興沖沖地跑了過去。

「你去哪裡？」太淵急忙拉住他。

「我不認識你。」他歪著頭，似笑非笑地看著這個陌生人。

因為這個表情、這一句話，太淵的神情頓時黯了下來。

「我應該認識你嗎？」他敏銳地察覺到了太淵的不悅，「我說不認識你，你不高興？」

「別開玩笑！」太淵用力握住他的手臂，「你敢說你不認識我！」

「放肆！」他扳起臉，冷冷地斥責了一聲。

他迷濛的雙眼閃過一絲銳利光芒，刺得太淵心一顫，不知不覺就鬆開了手。

「你不認識我了……」

「我不認識你。」他輕描淡寫地回答了一句，「我什麼都不記得了。」

有一絲不安、一點好奇、一些疑惑……太淵第一次見到這樣的表情出現在這張臉上。

就是這種表情讓太淵局促不安。

太淵想不到如今的自己，居然還會為了一個表情而不安。

不！不僅僅是這樣，而是因為在這張臉上看到這種表情，才讓他心裡湧出無法抑制的慌張。

熾翼，果然是不同的！

就算因為不完整的涅槃而折損了所有修為，喪失了記憶，他的身上依然有一種無人可比的東西存在。

光芒萬丈的赤皇，難道永遠就是如此光芒萬丈，無法直視？

「我是太淵，你叫熾翼，是……我的……」

「太淵？熾翼？」熾翼歪過頭，輕輕蹙起了形狀優美的眉，「我是你的？我為什麼會是你的？」

太淵意識到自己過於失態，強迫自己定了定神。他手中出現一件紅羽織就的氅衣，輕輕抖開，披在了熾翼身上。

熾翼輕輕撫過散發朦朧紅光的羽毛，臉上露出了驚訝和愉悅混合在一起的表情。

「喜歡嗎？」太淵不知不覺放柔了語調。

「很暖和。」熾翼沒說喜不喜歡，眼中卻流露出了喜愛的目光。

這件柔軟豔麗的紅色大氅，是用遙遠西面一種滅蒙鳥的羽毛織成。滅蒙鳥渾身青色，只有尾上長著一根異常鮮豔的紅色羽毛。為了這一件長及地面的氅衣，世上已經找不到這種美麗稀有的鳥兒。

太淵還記得自己第一眼看到這種紅色羽毛，就想到若是用來織一件衣裳，讓適合的人穿上，也不知會是怎樣地風情萬種。

「果然也只有你……」他不知不覺撫上熾翼頰邊，指尖沿著秀美的輪廓一路滑過空無一物的髮鬢。

熾翼皺眉避開，讓他剛剛柔和下來的表情又變得僵硬起來。

「我好像不是很喜歡別人碰我。」熾翼往後退了一步，「你別隨便碰我。」

那種防備的表情令太淵不快。這些年以來，雖然他的身分始終曖昧，人人都以「七公子」為名稱呼他，他在三界的地位卻是非同一般。

就算說不上心悅誠服，但不論哪一個見到他，至少都一副恭恭敬敬的模樣，唯恐一不小心得罪了他。

偏偏只有這個熾翼……

算了！這世上也只有一個熾翼，也只有他一個而已……

「你這是怎麼了？」太淵垂下了手，眼裡明明白白寫上了傷痛，「熾翼，你怎麼一醒過來就不認得我了？」

熾翼立即內疚懊惱起來，「我不知道，可我真的什麼也不記得了。」

太淵黯然地望著他。

「我不記得了，你也可以告訴我啊！」他忍著那種彆扭的感覺，拉住了太淵的衣袖，「那個……太淵！」

看他一臉為難地喊自己名字，太淵的心忽然落到了實處。

醒過來卻什麼都不記得了，熾翼還是熾翼，又不是熾翼了啊！

他無視微微的掙扎，反握住了熾翼的手。

「沒關係，我會都告訴你的，我會把我知道的一切都告訴你。」他笑意盈盈地說：「我是太淵，你是熾翼，這裡是千水之城，我們一起住在這裡。」

熾翼點點頭，好奇地朝四周張望。

「熾翼。」太淵把他的臉轉向自己，「你記住了嗎？」

「這裡是千水之城，我叫熾翼，你是……」熾翼刻意頓了頓，嘴角揚起一抹微笑，「你是太淵。」

這雙眼睛裡，終於有了自己。

「對。」太淵撫著他的臉頰，目光溫柔得像要滴出水來，「熾翼……我的熾翼……」

被他抓著的熾翼皺著眉，想要躲又躲不開的模樣把他逗笑了。

「我不是你的。」熾翼咬了咬嘴唇，「你幹嘛總抓著我？」

「因為你飛得太高，讓人總也抓不住啊！」聽到耳中，太淵才知道自己說了什麼。

「飛？」熾翼果然眼睛一亮，「我會飛嗎？」

「現在不行。」看到熾翼黯然的表情，太淵立刻心軟了，「你想飛的話等過幾天你好些了，我會陪著你去的。」

「真的？」

「真的！」太淵用力點頭。

「太淵，你和我……」熾翼指了指他又比了比自己。

「那並不重要。」太淵打斷了他的疑問，「你只要記得我是太淵就夠了。」

「但是……」

「噓！」太淵用手指點在熾翼微張的唇上，摟他進了自己懷裡，把頭埋在他頸邊低聲地說，「你什麼都別管，什麼都別管了！有我在，熾翼，有我在這裡呢！」

隔著華麗的紅色羽衣，炙熱的氣息撲面而來，太淵閉上眼睛，抑制不住的笑容從嘴角流瀉了出來。

南天，棲梧城。

「妳說什麼？」紅綃愣了一下。

「回帝后，七公子的隨侍說，的確有人住進了七公子的內殿。」女官附在她耳邊報告。

「不可能，太淵不是那樣的人。」紅綃搖了搖頭，隨即想到什麼沉下了臉，「妳可有看到那人的模樣？」

「最近七公子鎮日留在內殿，我不敢靠近，只遠遠看了幾眼。」女官惶恐起來，戰戰兢兢答道，「那人……那人的樣子……連帝后的萬分之一都不及……」

「連我的萬分之一都不及，太淵卻當寶貝一樣把人藏在內殿？」紅綃掩嘴一笑，「妳照實說就好，這又不關妳的事，我不會生氣的。」

「是奴婢胡說八道，還請帝后寬恕！」女官退到她面前，雙腿一屈跪了下去，「那人……長得……長得很美……」

「他一直以來都表現得不像貪戀美色的人，可這世上美好的東西何止千萬，有誰能夠始終不動心呢？何況他今日的身分地位，為自己找上幾個美麗的情人，也沒什麼好奇怪的。」紅綃靠在椅子上，輕輕嘆了口氣，「但對他來說，只有美麗是絕對不夠的。那個人一定不只美麗，也很特別，才會進得了他的眼。」

「那人……其實……」女官吞吞吐吐，猶豫著該不該說出來。

「說！」

「帝后，那人和祭祀殿的其中一尊塑像幾乎……幾乎一模一樣……」

「什麼？」沒想到剛才似乎並不在乎的紅綃突然臉色大變，猛地從椅子上站了起來，急切地追問著，「哪尊塑像？是哪一尊？」

「就是中間那尊。」

「中間的……」紅綃臉色慘白，一副搖搖欲墜的模樣，「怪不得，怪不得他讓我回棲梧！說什麼這裡的氣候更加合適，原來……原來他早就有打算把我支開，找了一個和熾翼一樣的人……」

「帝后，帝后！」女官急忙扶住了她，「您可要小心身體啊！」

「你……你果然還是愛上了他嗎？」紅綃的目光混亂起來，狀似瘋狂地大聲嘶喊，「那我要怎麼辦？你要把我怎麼樣？」

女官被她的樣子嚇壞了，本能地往後退去。

「不行！我忍耐了三千年，不能就這樣放棄！」紅綃咬著嘴唇，目光陰冷，「太淵，要把我紅綃當作犧牲品……你想都別想！」

她的手覆在自己腹間，表情轉瞬又柔和起來。

「幸好我還有你，我的天地共主。」她咯咯笑著，「放心吧，離你出生的日子，已經不遠了……」

東海，千水之城。

「依妍。」

「是的，熾翼大人。」

「太淵他一直是一個人住在這裡嗎？」他坐在欄杆上，遙遙看著一片氤氳的海面，「這裡這麼無聊，他難道不會覺得無趣？」

「千水之城本來也是僕從眾多，但是七公子不習慣那麼多人跟進跟出，所以大部分都……都遣散了出城。」依妍低頭看著自己的腳尖，「不過七公子還有熾翼大人您陪著，又怎麼會覺得無趣呢？」

他側過頭想了想，「是嗎？可不知道為什麼，我就是不太喜歡他。」

「熾翼大人！」依妍硬生生壓下了驚呼，「您千萬不能這麼想！要是讓七公子知道了，他一定會很難過的！」

「哦。」他想了想又問，「可是他難不難過，和我沒關係吧！」

「熾翼大人。」依妍猶豫了一會兒，覺得就算是逾越了也要說出來，「這些年以來，七公子過得並不快樂，但自從您醒來以後，他心裡真的非常高興……求您對他再好一些吧！七公子他只是對你……只是……」

「他快不快樂，也和我有關？」熾翼不滿地說：「他說什麼就是什麼，也不知道是真是假，我也不知信他好還是不信他好。我什麼都不知道，為什麼要對他好呢？」

依妍被這一通話堵得啞口無言，低下頭不敢再說什麼。

「我不喜歡這裡，又濕又悶。」熾翼整個人站到欄杆上，希望透過迷濛水汽看到更加遙遠的地方。

「熾翼大人，您小心些！」依妍生怕出意外，急忙想讓他從欄杆上下來，「您別站在那裡，請快些下來吧！」

熾翼不理會她，只是呆呆看著天外：「也不知道其他地方是什麼樣子……」

「什麼地方都是一樣的。」有人接過了話，「你怎麼站在那裡，還不下來？」

「七公子。」依妍連忙轉身下跪行禮，「還請七公子恕罪！」

熾翼轉頭望了一眼，然後對著地上的依妍說：「依妍，妳怎麼了？」

「熾翼大人，請您先下來吧！」

熾翼意興闌珊地跨下欄杆，一不留神腳下打滑，依妍伸手把他扶穩。

熾翼和她站得近了，聞到她身上淡淡的香味，突然來了興致，抓著她問：「依妍，妳身上好香，是不是所有女官都像妳一樣香？」

「這……」他離得這麼近，七公子又在一旁看著，依妍一下子慌了神，「奴婢……奴婢不知道……」

熾翼湊近她的髮鬢聞了一聞，流露出一絲惋惜，「我還以為每個女官都和妳一樣香呢。」

「真的那麼香？」一旁的身影也靠了過來，「依妍女官，妳用了什麼特殊的香料，能不能說來聽聽？」

「七公子。」依妍全身繃得僵直，聲音發顫，「奴婢……奴婢無意……」

「真的挺香啊！」太淵更加湊近，這麼說的同時，卻是伸手把熾翼拉了過去。

「我身上又不香，你拉著我幹嘛？」熾翼嫌棄地推開他。

「你討厭我嗎？」太淵眼睛一眨，就像把四周的霧氣吸了進去，「熾翼……」

「也不是。」熾翼看到他好像快哭出來的樣子，心立刻就軟了，「你又不是小孩子，幹嘛總纏著我不放？害得我哪裡都不能去！」

「我纏著你……」太淵神色一斂，可憐的模樣立刻消散無蹤，「你想去哪裡？」

「關你什麼事？」熾翼瞪他一眼，甩袖走了。

太淵望著熾翼離去的方向，久久才問了一句：「依姸，妳覺得熾翼對我而言算是什麼？」

「也許熾翼大人太過與眾不同，七公子對他存有一份憐憫愛惜之心，才不忍心見他沒了性命。」依姸垂首立在他身邊，答得分外謹慎。

「我當然知道他是不同的，可不同在什麼地方？這三千年裡，我不知道多少次想要殺了他，但是……我下不了手。」他舉起雙手，慢慢地緊握成拳，「我太淵也會有下不了手的時候，這種事有誰會信？不說別人，就連我自己都不相信！我無法看著他在我面前沒了生命，就算是借別人的手，我居然還是做不到……可不知道為什麼，每次看到他，我偏偏又覺得恨極了這個人。為什麼我這麼恨他，卻又殺不了他？依姸，妳說這是為什麼？」

依姸許久沒有出聲，回過頭看到她目瞪口呆地望著自己，太淵皺起了眉頭。

「怎麼了？」

「七公子，您對熾翼大人……」

「我對熾翼怎麼了？」太淵側著頭，「依妍，妳說在他再次長出翅膀離開以前，我怎麼做才能下得了手？」

「七公子的才智，依妍又怎麼能及得上？」依妍低下頭。

「妳侍奉我母后多年，又看著我長大，我心裡一直把妳看作可以信任的人。」太淵微微一笑，「不論妳想說什麼，我都不會生氣的。」

「我……」依妍心念一鬆，但隨即忍了下來，「依妍真是不知……」

太淵失望地說：「我還以為旁觀者看得更清，卻還是不行嗎？」

「七公子。」依妍跪了下去，「奴婢雖不知道七公子對赤皇的想法，但奴婢始終覺得，赤皇之心太過深沉難測，若七公子執意要留他在身邊，怕有一天終會……終會受其所惑……」

「這些我又如何不知？否則我也不會一再地想除了他。」他長嘆一聲，「依妍，我知道妳一心向著我，我很感動，但是……不該說的話還是不要說了。」

「是。」依妍似乎抖了一抖，聲音倒還平穩，「依妍知罪，請公子責罰。」

「誰說要罰妳了？妳恐怕是自母后的遭遇，因而對熾翼心生芥蒂。但妳我也都明白，那不是熾翼刻意迷惑，是母后自己一心痴戀……說到母后，我心裡倒是有一個想法。」太淵笑了一笑，「母后她一個人孤零零的，不如妳去替她守陵，算是代我陪一陪她。」

依妍臉色微變。

「妳不願意？不願意也罷，還是在熾翼身邊伴著好了。」太淵把她從地上扶起。

「依妍……願意去替帝后守陵……」守陵雖然孤寂清苦，但若是留在熾翼身邊，恐怕遲早有天會沒了性命……

「依妍，真是辛苦妳了。」太淵贊許地點了點頭。

「七公子。」依妍抬頭，用一種奇異的神情望著他，「依妍有一些話，不知能不能講？」

「講吧！」雖然依妍的目光令他有些不滿，但一想到依妍就要離開了，他還是寬容地說：「依妍與我，盡可坦言交心，不須有什麼顧忌。」

「多謝七公子顧念舊情。」依妍再次地跪了下去，「依妍只是想提醒七公子，您與赤皇終究有著滅族奪位之恨，不論今日您如何待他，恐怕永遠也無法抵消仇怨。七公子有沒有想過，一旦赤皇的記憶甦醒，您又該如何面對他？」

「這需要妳來提醒嗎？」太淵笑了起來，笑意卻遠遠沒有到達眼中，「我早已有了決定，若是熾翼想起了過去，我便立刻下手殺了他。」

「還請七公子一定記得，今日您對依妍所說的這一句話。」

「去吧！」太淵轉身面對迴廊外的茫茫東海。

依妍對他行了叩拜的大禮，默默離去了。

也不知道其他地方是什麼樣子……

若是他長出翅膀，飛出了千水之城；若是他記起過去，對自己滿懷仇恨……

「那就殺了他吧！」太淵對自己說：「也只能那麼做了。」

6

太淵在原地站了許久，才慢慢往內殿走去。

房裡沒看到熾翼，他就往屋後的花園去找了。

水汽漸漸濃密，輕微水聲從樹叢後面傳了出來，他沒有多想，徑直走了過去。

「熾翼。」他繞過成排的高大樹木，「你……」

下面的話，全部哽在了喉嚨裡。

他知道這裡有一座不小的水池，那原本是他少時種植花朵所用，之後沒有心思打理，就隨意地空置了多年。為什麼現在要特意清理，還放上整整一池熱水，就好像、好像有人……

「唉。」悠長的嘆息在耳邊迴盪。

水聲突然大了起來，嚇得太淵往後退了兩步。緊接著，就如他所想的那樣，熾翼的身影出現在了升騰熱氣之中。

其實熾翼身上穿著衣服，但那輕薄的絲綃濕透之後，比什麼都沒穿的效果更加驚人。他從池裡站起來，透明的衣服就一寸寸地貼到了身上，肩膀、胸膛、腰身……

「你……你在做什麼？」因為實在太熱了，太淵覺得全身每一個毛孔都在往外冒汗，「這裡怎麼會……怎麼會……」

熾翼拉起濕漉漉的下襬，隨意捲纏在腰間，從池裡跨了出來，「我不喜歡在那麼小的地方洗澡。」

語調裡還是沒有任何恭敬的成分，甚至帶著理所當然的不滿。

太淵瞪著那雙修長雪白的腿……

熾翼看他又是一臉呆滯，不耐煩地皺眉。

「依妍呢？依……唔唔！」他剛想叫依妍把衣服拿來，就被從身後捂住了嘴。

「你叫這麼大聲做什麼？我才離開幾天，你到底做什麼了？」太淵的聲音聽上去有點著急，「你怎麼在這種地方洗澡？誰許你在這裡洗澡的？」

熾翼把他的手拉了下來，莫名其妙地轉身看他。太淵的臉色又青又紅，很是詭異。

「不是你說我想做什麼就能做什麼的？」熾翼不知道他在急什麼，「我只是洗澡而已，緊張什麼？」

「你怎麼在這種……這種地方洗澡？」太淵情急之下居然又重複了這一句。

「這種地方？」熾翼看了一圈，「為什麼不行？」

「這裡隨時會有人經過，要是被……被看到了……」

「被看到了怎樣？」熾翼眼中笑意閃動。

那種嘲笑的眼神讓太淵找回了冷靜，他輕咳一聲，迅速為自己的失態找了個合理的解釋。

「宮裡總有女官，我怕你這樣子會嚇到她們。」

「我穿了衣服。」熾翼指著自己身上濕透的衣服，「雖然穿著衣服洗澡不太舒服，可依妍說不這樣就不行，所以我還是穿了。」

「這和沒穿有什麼不一樣？」太淵覺得這景象簡直慘不忍睹，連忙側過了臉。

「哪裡一樣了？」熾翼翻了個白眼，順勢伸手抽了他的腰帶。

太淵猝不及防，腰帶已經到了熾翼的手上。

「你為什麼總是一驚一乍的？」熾翼用腰帶把濕髮束好，「每個人都說你很了不起，可我怎麼看也不像。你和他們是趁我什麼都不記得，聯合起來騙我吧！」

太淵閉上眼深吸了口氣，要求自己鎮定。

但一睜開眼睛，看到熾翼彎著腰不知在地上找什麼，而那件原本就差不多敞開，只是靠腰帶繫在腰間的衣服幾乎快要滑到手肘……

太淵的腦子裡轟然作響。

不過他倒是知道用最快的速度把外袍脫下來，將那個從不知恥的傢伙密密實實地裹了起來。

「鞋子。」熾翼朝某處仰了仰下巴。

太淵腦子裡一片混亂，直到他拿著那隻鞋子回到熾翼面前，才想起自己根本用不著走過去用手撿鞋子。

「喂！」熾翼看他又在發呆，索性踹了他一腳。

太淵把視線從鞋子移到熾翼臉上，又移到熾翼伸到自己面前的那隻腳上。

「怎麼，你連穿鞋都不會？」熾翼歪著頭問。

這似曾相識的場面勾起了太淵的回憶，他還記得許多年許多年以前，這個人也曾經光著一隻腳，要自己為他穿上鞋子。

那時自己幫他穿好了鞋子，然後他說……

「你在想什麼？」熾翼挑了挑眉。

想什麼？那個時候，這個時候，自己的腦袋裡都是一片空白。

過了這麼多年，經過了這麼多事，改變了那麼多，可他對自己的影響竟是依然如故……

若是七公子執意要留他在身邊，怕有一天終會……終會受其所惑……

鞋子啪一聲掉到了地上，太淵看著熾翼的目光驀然劇變。

熾翼卻微笑起來，隨著他慢慢靠近，那種總伴隨著他的炙熱溫度和火焰香氣也隨之侵入太淵的知覺。

「太淵，你為什麼這麼看著我？」熾翼湊到太淵耳邊，輕聲細語地問：「你知不知道自己現在的樣子，好像是一個為了我神魂顛倒的小傻瓜。」

他記得！他記得！他記起來了！

若是熾翼想起了過去，我便立刻下手殺了他。

現在！就是現在！動手，動手！動手啊！

「喂！」熾翼捏了捏他的臉，「你怎麼一點反應也沒有？」

太淵，你怎麼還不動手？

「太淵，你怎麼呆呆的？」熾翼吃吃地笑了起來，「那些女官的反應比你有趣多了！」

原來他……他沒有想起來……沒有……

太淵呼了好大一口氣，臉色稍稍緩和下來，但他的腦子一清醒，立刻聯想到熾翼話裡的意思。

「什麼女官？」他瞇起眼睛，「她們怎麼了？」

「她們啊，總是用這樣的表情看著我，我聽到依妍罵她們，說她們一個個都是為我神魂顛倒的小傻瓜。」熾翼好奇地問：「太淵，什麼叫神魂顛倒？」

「神魂顛倒……那個就是……總之……」

「你也不知道嗎？」熾翼嘆了口氣，「那我去問依妍好了，她看起來比較聰明。」女官嗎？還真是……

「你這麼笑，是不是想做壞事？」熾翼用兩隻手去捏他的臉，把他臉上的笑容捏得變了形，「不行不行！不可以欺負依妍！」

「怎麼會？」太淵扭曲著臉，「我剛剛才獎賞過她。」

「真的？」

「回去房裡把衣服穿好，以後別再讓我看見你在這兒洗澡！」太淵拉開他的手，佯裝生氣板起了臉，「不然的話，我就……」

「就怎麼樣？」熾翼挑釁地問，「難道你以後不許我再洗澡了？那我變臭了怎麼辦？還是說，你一點也不在乎，就算我一直不洗澡變得又髒又臭，你還是會為了我『神魂顛倒』？」

破天荒地，太淵竟然對這種程度的幼稚挑釁無言以對。

最後，太淵還是幫他穿上了鞋，緊緊拉著他跑回了房間裡。但是等他一說要換衣服，又迫不及待地丟下他逃跑了。

他想不明白，為什麼明明是在屬於自己的地方，太淵卻還是偷偷摸摸，一副生怕被人看到的樣子？

或者說……是真的神魂顛倒、神智不清了？

為了熾翼神魂顛倒的太淵……還真是有意思！

「這麼多年了，怎麼一點長進都沒有？不過，還是一樣善於忍耐嘛！」他對著太淵離開的方向，嘴角掛著微笑，目光卻變得無比銳利，「太淵，你忍啊！我倒要看看，你能忍到什麼時候？」

太淵果然把那些女官全都換了。

早知道要被一堆不會說話的白布整天跟著，他就不會故意說那樣的話給太淵聽了……熾翼趴在欄杆上，嘆出了今天的第一百口氣。

「悶嗎？」太淵放下了手裡的絲絹，「不如我們下棋？」

「你又不是不知道，我一下棋就會犯睏。」他嗤之以鼻，「到底那種圍著桌子的遊戲哪裡好玩了？你一天到晚下棋下棋的，不會膩嗎？」

「那我找人陪你飲酒歌舞？」

「歌舞？」他眼睛一亮，「有漂亮的舞姬？」

「沒有。」太淵的眼睛黯了下去。

「那算什麼歌舞？我不要！」他轉回頭，撐著下巴對太淵曖昧微笑，「不過，如果你親自跳給我看，我就考慮考慮。」

太淵閉上嘴拿起了絲絹，假裝自己什麼都沒聽到。

「喂！」熾翼抽走那塊絲絹，仰起下巴對著他說：「我很無聊！」

「我也沒有辦法。」太淵微微一笑，「很抱歉我生性沉悶，不知道有什麼排遣無聊的好方法。」

「生氣了啊！」熾翼小小吃了一驚，「原來你也會生氣！」

「怎麼會？」太淵伸出手，想不著痕跡地取回自己的東西。

「還說不會！」熾翼拿著絲絹的手腕一轉，讓太淵抓了個空，「你整天拿著這個，到底有什麼好看的？」

「沒什麼意思，只是枯燥的法術而已。」太淵索性就讓他看了。

「龍鱗、鳳羽、水火精魄……」熾翼邊看邊讀了出來，「四神物置於陣中，可得逆天返生，召返一切喪生虛無之魂魄，令一切缺失歸於圓滿。」

「你……看得懂？」太淵瞠目結舌。

上古神文是世間最古老的天授文字，非但無法依靠傳授和學習懂得，甚至有在通曉之後卻一夜忘記的先例。

青鱗一族之所以能掌握那麼多古老的虛無陣法，除了他們是虛無之神的直系後裔外，更重要的是他們擁有傳授這種天授文字的祕法，得以代代傳承上古神文。

這種祕法只有以青鱗為名的族長知道，而且一生之中只能使用那麼一次。能夠習得最多上古神文者為族長，就是青鱗一族選擇首領的首要條件。

太淵也懂得上古神文。

青鱗當然知道這件事，卻不知道太淵懂得多少。在他以為，太淵至多不過懂得兩、三百個字。

上古神文總數是九百九十九個字，青鱗懂得其中九百九十個，這在歷代青鱗族長中，已經是少有的成就。

而在水族興盛時，不乏才智出眾的人物，可也沒有一個人能說是通曉上古神文。當時水族中掌握最多上古神文的，是太淵的長兄白王。不過就算被讚譽對神文極有天分的奇練，也不過識得百多個字而已。

青鱗當初把殘卷副本交給太淵，除卻試探太淵是否懂得上古神文以外，更是為了利用內容並不完全的副本設下圈套。

可如果他知道太淵懂得多少上古神文，就絕不可能那麼做了。

上古神文共九百九十九，太淵領會了其中九百個。

因此用上古神文寫就的《虛無殘卷》，雖然耗費了太淵許多時間與精力，但最後也能夠勉強通讀。

所以在三千年前那一役中，他才看出誅神陣中刻意布下的破綻，從青鱗的圈套全身而退。

青鱗把這部殘卷看得比什麼都重，交給太淵的副本更是被他微妙地遺漏了許多重要部分。不過現在熾翼手上拿著的，並非青鱗當年作假的那份，而是太淵自己費盡心機，神不知鬼不覺從青鱗族中弄出的真正副本。

只是在《虛無殘卷》之中，有一個部分太淵始終不能徹底明白。直覺告訴他那是非常重要的部分，但這三千年來，他與青鱗的關係已近反目，當然不能再從青鱗那裡得知。這些年來，這一段無法通讀的文字，成了盤桓在他心裡的最大隱憂。

而熾翼讀出來的這句，正是被青鱗刻意遺漏，也是太淵不能明白的，最後部分的開篇第一句。

太淵腦子裡首先想到的，是「熾翼怎麼會懂上古神文」這個問題。

以法力高強、傲慢狂妄著稱的赤皇熾翼，為什麼會花費時間精力，學習這種艱澀又看似毫無用處的文字？

一塊絲絹迎面而來，太淵急忙伸手抓住。

「還你。」熾翼掩嘴打了個呵欠，「虧我還以為是什麼有趣的東西。」

他站起來看了看欄杆外，忽然眼睛一亮，轉頭朝太淵招了招手。

太淵心不在焉地走了過去：「熾翼，你告訴我……」

熾翼抓住他的手，拉著他跨上欄杆，然後鬆開手再用力一推！

太淵毫無防備，被熾翼從千水之城最高的高臺上推了下去。

風聲在耳邊呼嘯，他滿眼都是熾翼推開自己時的冰冷目光，幾乎忘記自己擁有飛翔天際的能力。直到一抹豔麗的鮮紅闖進視線……他立刻停下墜落之勢，本能地接住了那個自天而降的身影。

「你反應也太慢了吧！」熾翼不滿地數落他，「要是我掉進水裡怎麼辦？」

太淵跟著熾翼低頭，才發現自己離水面不到一丈，要是再遲上一點，就真的會落進水裡了。

「要是你讓我掉進水裡，我可饒不了你。」熾翼靠在他的肩頭，望著水中兩人的倒影，「太淵，我跟著你跳下來的時候，你看到了沒有？」

拗不過熾翼，太淵只能帶著他在空中飛行。

熾翼興高采烈，太淵卻心不在焉。因為方才那一幕，不可避免地讓他想起了許多年前……

「太淵。」熾翼突然拉住他，指著遠方一座蒼翠鬱鬱的山峰問：「那是什麼地方？」

「雲夢山。」太淵的聲音沉了沉，不太自然地答道：「那只是一座孤山，沒什麼特別。」

「我要去那裡。」熾翼哪裡會聽他的，「我們飛過去吧！」

怎麼會到這裡來了？什麼地方不好去，卻到了這裡……

「怎麼了，快走啊！」熾翼催促著他。

「好吧。」太淵笑了笑，「到了那裡覺得無趣，你可不要怪我。」

煩惱海上，雲夢山巔。

熾翼一口氣跑上了山頂，站到邊緣，望著腳下又望向四周。

「怎麼了？」太淵拉住他，生怕他在這狹小的地方不慎打滑。

熾翼看了一會兒，往後靠在他的身上，用一種茫然的口氣問：「太淵，為什麼我會覺得自己來過這裡？」

「確實來過。」太淵摟住他，「可那已經是很久很久以前的事了。」

「我是和你一起來的嗎？」熾翼轉過身，和太淵面對面站在一起，「我們來這裡做什麼？」

「做什麼……」太淵愣了一愣，「沒什麼！」

的確沒什麼！不過就是那天晚上熾翼為開導他，把他強行拉到雲夢山上，然後……那個時候，情況好像有些失去控制。

「一定有什麼！」熾翼更靠近太淵的臉，似乎想從他的眼睛裡看出被隱瞞的實情，「你告訴我好嗎？」

太淵覺得自己被徹底迷惑了，被炙熱的氣息，被迷濛的眼睛，被……

他不知不覺貼近那豔紅色的嘴唇，雖然這短短的片刻之間，他的心一直在該與不該之間掙扎，但沾上了那柔軟的嘴唇以後，他就什麼都不去想了。

熾翼的目光、熾翼的味道、熾翼的嘴唇，熾翼……

太淵覺得有什麼東西要從自己的胸口脹裂出來，一時逼得他痛苦難當，讓他只想把這種痛轉移到別人身上，就比如這個和自己離得最近、唇齒相依的人。

可為什麼這個人非但毫不退卻，還張開嘴唇像在邀請，甚至回應得這麼熱烈？

雲夢山的山巔，明媚的陽光裡，這次是太淵吻了熾翼。

過了不知多久，太淵仰起頭，對著碧藍的天空大口喘氣。

相對於他的失態，被吻的熾翼倒是異常平靜，似乎不明白這樣的舉動代表什麼意義。

熾翼用手指碰觸太淵的嘴唇，輕輕摩挲著，「你咬我做什麼？是想吃了我？」

太淵渾身一顫，低下頭去看他。

熾翼看著在太淵唇上沾到鮮血的指尖，放到嘴裡嘗了一嘗，最後又用舌尖舔了舔自己被咬破的嘴唇。

「你好像挺餓的。」他挑起眉毛，笑著問太淵，「怎麼樣，我好吃嗎？」

「胡說什麼。」太淵轉開臉，沉聲說道：「回去了！」

他拉著熾翼跑下山，飛回千水之城的途中也一言不發。熾翼配合著沒有出聲，只是把臉埋在他的肩上，揚起嘴角無聲微笑。

如果不是太清楚涅槃不全造成的後果，如果不是太瞭解赤皇對自己的仇恨，太淵會覺得，熾翼根本什麼都記得。

但那是不可能的。

涅槃是身心重生的過程，對於所有火族來說都等同於最艱難的考驗。在涅槃之火燃起到滅盡期間，要是出了差錯或受外力打斷，令涅槃無法完成，就算僥倖存活下來，絕不可能毫無損傷。

更何況熾翼是火族之長，自己與他有著滅族之恨，他不可能……不可能……

雖然不可能，但……要試一試嗎？

試一試熾翼到底是記得還是忘記了……

東天，牧天宮。

牧天宮中地位僅次東溟天帝的兩位總管緋瓔和青珞，帶著宮中所有人在大殿候著，等待自家主人歸來。牧天宮裡，也因此顯出了一絲生氣。

不過就只有一絲而已。

近百人站在大殿，竟似近百尊雕像豎在那裡。各有不同，卻個個稱得上美麗絕倫的臉，都是相同的木然表情。

牧天宮裡，永遠都是如此景象，美麗而無生氣。

毫無預兆地，緋瓔、青珞在這片寂靜中一同跪了下去，異口同聲地說：「恭迎天帝回宮。」

她們身後的眾人也跟著跪下，不言不語地用額頭抵著黑色雲石的地面。

天際湧起一片深藍霧氣，轉眼間落在了殿外，霧氣散盡時，從裡面走出一個全身上下都被黑色斗篷遮住的身影。

「你們一個個傻站在這裡，是沒事可做了嗎？」

那聲音隱隱帶著一絲不悅，在最前面的緋瓔和青珞忍不住地顫了一顫。

黑色斗篷被近乎洩憤地丟到地上，青珞連忙撿了起來，彎著腰跟隨在他身後。

蜿蜒直至地面的墨藍長髮，和斗篷下那一襲靛藍華衣輝映，只是在步履行走之間輕揚微動，就閃爍出一種無法言喻的曼妙之美。他就用這種美妙姿態，一路上了臺階，走到那張用藍玉精心雕琢的巨大帝位面前。

「居然還敢說我醜……」美妙悅耳至極的聲音微微顫抖著，「那個難看的東西！」

可能是因為太過用力，他撐在帝位上的手背青筋都凸了出來。

青珞低下頭，臉上頓時沒了半點血色。

東溟天帝是天地間最古老強大的神祇，性情向來難以捉摸，但一直十分講究儀態規矩，像現在這樣粗魯的舉止，從未在他身上出現過。

所以連服侍了他無數個年頭的青珞，一時也有些不知所措，急忙偷偷望向遣散了眾人正走過來的緋瓔。

緋瓔比青珞更直接敢言，但在這種時候也不敢隨意猜測東溟善變的心思，只是遞了個眼色，讓她靜觀其變再說。

東溟回轉身來，顯露出萬物生靈都不能稍稍比擬的身姿容貌。

「青珞妳說，我全身上下有哪一點能稱作平凡醜陋的？」他仰起頭，隨心情變幻色澤的右眼赫然是代表震怒的深黑。

「大人全身上下沒有……」

「不是問妳。」他打斷緋瓔，看著青珞又問了一次，「青珞，妳會覺得我醜陋難看，我的聲音會令妳討厭嗎？」

「不會。」被他這麼盯著，青珞承受了很大的壓力，答得壓抑而急促，「天帝大人是世間最美麗的神祇，這一點絕對不容置疑。」

「當然是這樣，不會錯的！」他知道青珞最是誠實，心情也變得好過了一些，「是那小東西不懂分辨美醜，才會說那種蠢話，想我……」

但他只是說了半句，就用手捧著自己的臉出了神，右眼之中翻滾著陣陣黑影。

「好吧！」隔了片刻，他似乎是在對自己說：「越是這樣，我越是要讓他明白，就算花上再久的時間……」

緋瓔青珞相互交換了眼神，心下駭然。到底是出了什麼事，竟然能讓鮮少動怒的東溟天帝這樣大失常態？

不過等她們回過神，東溟已經坐上了帝位，神情高貴平和，好像方才那一幕只是旁人的幻想。

「太淵來過了？」他漫不經心地問。

「是。」緋瓔走上一步，「一如天帝大人預料，您離開之後他就到了。」

「妳們有沒有好好招呼他？」東溟扯動嘴角，「他要的東西又給了他沒有？」

「我們照著您的囑咐，好好地接待了他。」想到太淵當時的樣子，緋瓔帶著一絲得意，「我告訴他您的吩咐，他還受寵若驚，呆了好一會兒呢！」

「他還說了什麼？」

緋瓔想了想，「倒也沒說什麼，只說是謝過天帝大人，有任何用得著他的地方他都會盡力，諸如此類沒太大誠意的客套話。」

「不過，臨走時的那句倒有點奇怪。」青珞突然插話。

「臨走的時候？」緋瓔問她，「說了什麼奇怪的話嗎？」

「他說天帝大人果真了得，世人一舉一動皆逃不過大人的眼睛，還嘆了口氣。」

青珞皺了皺眉，「太淵心思深沉，我總覺得這個舉動裡有什麼古怪。」

「沒什麼！不過是他吃不準我的打算，又不得不勸說自己信我，所以才有些感嘆。」東溟終於露出了笑容，「我就是覺得他這一點最有意思，什麼人都疑，什麼人都騙，而且不只對別人，連對他自己也是一樣。」

「天帝大人。」緋瓔看他高興起來，大著膽子打聽困惑自己很久的問題，「我一直不明白，為什麼您要這麼做……那種東西，到底能派上什麼用處呢？」

「他是怎麼說他的要求？」

「他說……天帝大人曾經許給他一個人情，他也不做什麼過分的要求，只要能讓人表露心事的藥物。」緋瓔回憶著當時的情況，「特別說是心底的真實情感，要能讓人一五一十地袒露真心。」

「妳覺得我給的，並非他想要的藥物，而是一點用處也沒有的東西嗎？」

緋瓔沒有回答，但顯然是這麼覺得。

青珞面上的表情卻有些恍然大悟：「您方才難道是去了……」

「我給他的不是他所求的藥，卻是他渴望了多年的東西。雖然他自己不可能承認，不過他來，其實不為找什麼藥物，而是給他自己找一個藉口。或者說……是找一個機會。」

東溟面朝著千水之城所在的方向，笑著說道：「太淵，你該好好謝謝我才是，我可是給了你這樣一個朝思暮想的機會。不過你那麼聰明，所以一定捉不住這個機會的。」

7

東海，千水之城。

「紅綃帝后遠來辛苦，不如先找個地方稍事歇息一會兒。」侍官在太淵起居的內殿前，攔住了一路往裡闖的紅綃，陪著笑說：「七公子離開時曾經囑咐，說是很快就會回來。」

「居然敢攔著帝后，你們不怕七公子責罰嗎？」紅綃身邊的侍女站了出來，「千水之城有什麼地方我們帝后去不得？我勸你識相一些，快點給帝后讓路！」

「我們也是奉了公子的命令，不能讓人隨意進出……」

他們當然清楚自家主子對這位帝后向來有求必應，換了其他事情，給他們一千個膽子也不敢出面攔路。但內殿裡住著的那位，也不能隨意得罪。

「帝后就是這千水之城的半個主人，她說的話、要做的事，誰敢攔著？」紅綃的侍女帶著幾分不屑地對侍官說。

侍官們面面相覷，一臉的憂慮遲疑。

「讓開。」這廂紅綃不耐煩了，先往裡走去。

侍官們終究不敢攔她，任她闖了進去。

「半個主人嗎？」突然傳來了一聲嗤笑，「憑妳也配？」

那聲音有些縹緲，卻清楚傳進了每一個人耳中。

「什麼人！」衛士們立即擋在了紅綃前面。

侍女也對著被巨大屏風遮擋的裡間大聲喝問：「是誰敢驚擾水族帝后！」

「看妳的樣子，真是被縱容得無法無天，什麼都不放在眼裡了。」那個聲音驟然間真實了起來，尖銳又緩慢地說：「紅綃，妳好啊！」

從聽到這個聲音的那一刻起，紅綃只覺得自己手腳冰冷，從腳尖手指開始一陣陣發顫。這股畏懼恐慌，早已深植心中，就算過去了千萬年的時光，也沒有絲毫忘卻減退。

「大膽，竟然直呼帝后……」那個侍女還沒來得及說下去，就被紅綃的模樣嚇到了，不由得住了嘴。

「你們都出去。」紅綃臉色慘白，說話都帶了顫音，「關上殿門，沒有我的命令，任何人都不准進來。」

「帝后……」

「出去！」紅綃拔高聲音，眼裡露出冷厲的光芒。

很快，所有人都退了出去，殿門也被嚴嚴實實地關了起來。

「妳還傻站著幹什麼？是在等我出去迎接妳，還是……」裡面的人笑了一聲，「嚇得連路都不會走了？」

紅綃握緊拳頭，深深地吸了口氣，才挪動腳步，往裡間走去。

他斜靠在長榻上，披著一件鮮紅的羽毛氅衣，長髮從肩頭流瀉而下，目光裡帶著冷酷的憐憫，嘴邊是那種高高在上的得意微笑。

紅綃背貼著屏風，又是驚懼又是慌亂地看著他。

「怎麼了，和親人久別重逢，妳就是這樣的態度？」他坐直了身子，「或者，帝后覺得我不配和身分高貴的妳沾親帶故？」

「真的是你……」

「你不是早就猜到是我了？」熾翼似笑非笑地問：「怎麼樣，紅綃？我的血，滋味可好？」

這一句，把紅綃好不容易凝聚的勇氣，徹底打了個粉碎。

「妳怕什麼？怕我嗎？」他站了起來，走向紅綃，「別怕，妳可是水族的帝后、千水之城的半個主人、太淵的心肝寶貝，我一根頭髮也不敢動妳的。」

「太淵他……」

熾翼似乎知道她心中的所有疑問，「他沒有殺我，因為我讓他以為我涅槃不完全，把過去那些事統統忘記了。」

「你為什麼要這麼做？」為了避開他，紅綃只能緊貼著屏風，「現在……又為什麼對我說這些？你就不怕我去告訴太淵……」

「去啊！」熾翼挑起她鬢邊一縷頭髮，繞在指間，「我也很想知道，他會不會捨得殺了我？」

紅綃仰起頭，用發顫的聲音問：「你、你想怎麼樣？」

「紅綃，我一直覺得妳很可憐。」熾翼另一隻手撐在屏風上，湊近了她的臉，「妳看似得到了很多，但是那些落在妳手上的，轉眼就從指縫裡逃走了。枉妳費盡心機，辛苦經營了這麼多年，卻什麼都不曾擁有。」

「你說這話是什麼意思？」紅綃帶著怒氣，卻沒有什麼氣勢，「你小心我真告訴了太淵，他絕對不會……」

「不會？妳確定嗎？」熾翼笑著打斷了她，「他不承認，難道妳會看不清楚？妳的那個太淵啊，他心裡痴戀著的，一直……就只有我吧！」

「胡說！」紅綃激動起來，甚至想要推開他，「太淵愛的是我！」

「到底是誰在胡說？太淵不在這裡，妳又何必在我面前假裝？」熾翼抓住她的兩隻手腕，一手壓在了屏風上，另一隻手輕柔地撫著她的臉頰，「難道妳要學他，做個不但喜歡騙人，就連自己都要騙的傻瓜？」

「你……胡說……」熾翼離得太近，從他身上散發出的炙熱氣息讓紅綃覺得四肢無力，「太淵他……他只是……」

「我怎麼是胡說？這麼多年過去，除了那個喜歡騙自己的太淵之外，又有誰看不出他愛慕的是我？」熾翼在她耳邊輕聲說道，「他愛我也不是一天兩天的事了，只是他知道自己和我身分地位太過懸殊，要得到我永遠都是痴心妄想，所以就一直一直地騙自己說他不愛我，慢慢地騙成了理所當然。紅綃，妳說這樣幼稚可笑的傻小子，到底是怎麼把這世界攪到天翻地覆的？」

紅綃瞪大眼睛看著他，半句反駁的話語都說不出口。

「我猜他遇到妳的時候，妳一定也是這樣又害怕又故作堅強的模樣，讓人又是憐又是愛。這楚楚荏弱在我身上是找不到的吧！這可憐可愛的模樣，就好像是生來讓人保護的，怪不得太淵會要自己對妳一見傾心。」

熾翼把下巴抵在她的額頭，一副親暱的模樣。

「水族一個小小庶出的平凡皇子，竟然敢覬覦火族地位高貴的赤皇，想要憐我愛我……這種事說給誰聽，誰都會覺得可笑。不過好在那傻瓜倒也識相，明白自己沒有那種資格，就找了一個可以憐可以愛，甚至還和我有那麼一點點神似的替代品。」

「你說夠了沒有！」紅綃掙扎起來，「放開我！」

「這種時候別這麼激動，對孩子不好。」

紅綃立刻停下動作，變得面無血色，似乎隨時都會暈厥過去。

「妳這個樣子，好像我把妳怎麼了一樣！」熾翼笑著，把她整個人摟到了自己懷裡，「傻紅綃，我一直都這麼信妳寵妳，就連妳說蒼淚是共工的兒子，我不也半點沒疑心過？到了今天，我又怎麼會把那些陳年舊帳翻出來再算？我可不是妳那個沒理也不饒人、得了一尺還要十丈、無事也會生非的七公子太淵。我很會保守祕密的。」

「你……你怎麼知道的？」

「剛巧，妳來之前我有一位客人，一位我很久沒有見過的稀客。我們閒談之中，突然提起了妳，然後我就不小心知道了這個小祕密。」熾翼摟著她回到長榻旁邊，「紅綃，妳真是好本事，竟然連太淵也能瞞了這麼久！妳說，要是被他知道妳拚了命喝我的血，不是為了活下去，而是為了共工的兒子……」

「不！」紅綃一把抓住了他的衣服，「你不能那麼做！」

「那妳可要乖乖的。」熾翼扶著她一起躺了下去，「妳知道我的祕密，我也知道妳的祕密，我們兩個人都有祕密，相互幫助不是最好不過？」

兩人身子疊著身子，形成了一種曖昧的姿態，可惜紅綃滿心恐懼慌亂，根本沒有注意到這一點。

「你的目的究竟是什麼……」

熾翼的表情突然變了，嚇得她不敢再問下去。

「我喜歡妳，第一眼看到妳的時候，我就知道我喜歡上妳了。」轉眼間，熾翼又變得溫柔入骨，目光深邃纏綿，「妳聽聽我的心，它跳得好快。」

熾翼總是飛揚肆意，少有這樣溫情款款的時候。此刻眉目低垂，似乎深情又有些哀愁迷惘的熾翼，世上恐怕沒有幾個人能夠不為所動。

可縱然這景象再怎麼讓人心蕩神馳，看在紅綃眼中，卻是說不出地驚心動魄，幾乎就要失聲尖叫出來。

「你們兩個夠了沒有！」一個尖銳的聲音搶在她前面喊了出來，「你們以為這是什麼地方，居然敢在這裡做出這樣的事情！」

太淵神色狂怒，俊秀文雅的五官扭曲得厲害。

「你真沒禮貌，沒看到我們在說事情嗎？」熾翼揮了揮手，連看都沒有看他一眼，「你快點出去，記得關上門。」

「放開她。」

「你出去啊！」

「放開她！」太淵終於衝了過來，試圖把人從榻上拉起來，「在我的房間裡勾搭別人，你眼裡還有我嗎？」

熾翼緊緊摟著身下的紅綃，一臉無辜地問：「你說誰勾搭別人？這句話你是對誰說的？」

太淵停了下來，僵直地變成了一具雕像。

「放開我，好嗎？」紅綃不敢用力，只敢輕輕地推著熾翼。

「不好。」他笑著低下頭，往紅綃肩上咬了一口，「我說過了，妳最好乖乖的。」

紅綃聽懂了他話裡的威脅，不敢再掙扎。

看在太淵眼裡，卻是他們交頭嬉鬧，打情罵俏。

「熾翼，別這樣。」太淵琥珀色的眼睛閃過一絲嗜血光芒，「我要生氣了。」

「你有什麼氣好生？」熾翼仰頭看他，挑釁地問：「不是你說，只要我不偷偷跑出去，在這裡，我想做什麼都可以？」

太淵氣得眼前發黑，脫口就是一句粗俗咒罵。

紅綃因為他從沒有過的口不擇言而驚呆了，熾翼卻是笑得越發開心。

「妳看到沒有？」他在紅綃耳邊輕聲地說：「我和妳這麼親熱，有人很不開心。他都快氣瘋了！」

太淵也聽到了，他咬了咬牙，伸手想把熾翼從紅綃身上扯下來。卻不想熾翼自己鬆了手，他一用力，豔麗的紅色就朝著他鋪天蓋地而來。

「太淵，我只是和她開個玩笑，你別生氣。」熾翼趴到他肩上，「你的臉色真嚇人，是氣壞了吧！」

熾翼的氣息纏繞上太淵，那總是令他胸口煩悶氣短的熾熱，這次卻不知道為什麼，令他被怒氣苦澀填滿的心安定了下來。

紅綃從長榻上站起來，靜靜看著那對相擁而立的人。太淵和她目光對上，竟然有一瞬的退縮。

紅綃走過他們身邊的時候，太淵本能地想拉住她，但他的手還沒伸出去，就被熾翼牢牢握在了手心。

十指交纏緊扣。

太淵不自覺就把目光放回了熾翼臉上，流連在他笑意盈然的眼角眉梢。

紅綃一言不發地走了出去，屋裡的兩人聽見她空洞地說要回去棲梧，然後人聲遠去，殿門隨即被識趣的侍官們關上了。

「熾翼。」一片安靜中，他慢慢拉開了兩人的距離，「我們好好談談。」

「我欺負了那個叫紅綃的，你生氣了是不是？」熾翼還是笑著，眼波流轉之間光芒閃動，「是她剛才看到我的樣子，讓我覺得有趣，我才會想欺負她的。」

「有趣？」太淵皺眉，「她哪裡有趣？」

「她明明很討厭我，卻又那麼怕我，你說這是不是很有趣？」熾翼輕撫過自己的鬢角，撫過那一縷紅色的頭髮。

太淵動了動嘴角，「你的頭髮……」

「這個啊！」熾翼側過頭來讓他看得更加仔細，「今早我醒來，就發現這裡的頭髮變成了紅色。你看，是不是很好看？」

「是……」太淵答得非常勉強。

「你不喜歡？」熾翼往後退了一步，表情突然變得疏離，「你不是最喜歡看我穿紅色的衣服？你不是總說我適合紅色？怎麼現在我的頭髮只是有一縷變紅了，你反倒開始討厭我了？」

「我沒有。」

「沒有？」熾翼從髮間挑出那一縷鮮紅，放在自己眼前，「你知不知道，你剛剛看我的目光，就像是在說你怕我……你們怕我，為什麼你們都會怕我，我有這麼可怕嗎？別人也就算了，為什麼連你也會怕我？」

太淵急忙搖頭，「我怎麼會怕你？我只是太吃驚了。」

「太淵，我知道你瞞著我很多事。我一直告訴自己，你這麼做總有你的原因，你是那麼縱容我，那麼護著我，所以不論你隱瞞我什麼，都是為了我好。但是我現在突然覺得，似乎這只是我一個人的想法。」

熾翼低著頭走到窗邊，長髮和羽衣遮去了他的表情。

「太淵，你心裡到底在想什麼？你在不安什麼，你在猶豫什麼？難道這些，你連對著我都不願意說？」

熾翼問得太過直接，太淵一時想不出該怎麼回答才能不露馬腳，同時又能消除他心裡的疑慮。

「你總是這個樣子，想得太多而說得太少。你每說出一句話，都是不知在心裡轉了幾轉，衡量計較了多少得失才從嘴裡說出來。」

熾翼沒有給太淵時間考慮，或者說，他像是看透了太淵會用謊言矇騙自己。

「太淵，不說你今天的身分和地位，但說你這麼聰明、這麼有手段，你為什麼不願意相信任何人？為什麼不想說什麼就說什麼？為什麼要活得比誰都辛苦？」

聽完熾翼說的這些話，太淵只覺得心有些發冷，連帶聲音和表情也變得冷漠起來。

「你是嘲笑我虛偽狡詐，還是諷刺我機關算盡？」

「我才不管你是虛偽狡詐還是機關算盡，你對別人怎樣我一點也不在乎。但是你對著我的時候，能不能不喜歡就說，想要怎樣就對我說呢？」熾翼轉過身，他的手指上纏繞著那一縷令太淵心神不定的紅髮，「只要你對我說了，不論是什麼要求，我都會盡力做到的。」

說完，他指間發力，竟是硬生生要把那一縷頭髮揪下來。

太淵衝到面前時已是搶救不及，只來得及抓住了熾翼的手。他看著熾翼手裡染血的髮絲，慢慢把目光抬高，看著鮮血從那張美麗的臉上流淌而下，一滴滴落在兩人交握的手上。

那一縷紅色頭髮數量雖不是太多，但熾翼幾乎連根扯了下來，絲絲縷縷的鮮血不斷順著鬢角滑落，太淵連忙用自己的衣袖幫他按住，沒一會兒就看到暗色痕跡在天青色的布料上蔓延開來。

太淵有些慌亂又有些迷茫，「你為什麼要這麼做……」

「為了你。」天青色的袖子遮擋了熾翼大半的面貌，只餘下他揚起的嘴角，「我說了，你想要什麼，我都能夠知道。就算你再怎麼遮掩起來，我還是知道！因為你是太淵，我是熾翼，也因為熾翼那麼深地愛著太淵……」

太淵垂下了手，對上熾翼的眼睛，然後他一步一步往後退去，一直往後退了好遠。

「我知道你一定不會相信。」熾翼在笑，他的眼睛、眉毛、嘴唇，都有著喜悅的弧度，「我熾翼竟然會愛上一個像你這樣的人，而且居然愛得這麼深……」

「你胡說！」反駁衝口而出，太淵的模樣恍如一個受驚嚇的孩子，「你騙我！你在騙我！」

熾翼走到他面前，幫他理了理頭髮，一臉寵溺又無奈的表情，「你果然不相信我。」

「不可能！一定是在騙我，我不能相信，我不會相信！」太淵用力抓住他的手，表情森冷可怕，「不要說了，不許再開玩笑了，你怎麼可能會愛上我？」

「為什麼不會？」熾翼反問他。

「因為……」太淵乾笑兩聲，「熾翼愛上太淵，這怎麼可能？」

「有很長一段時間，我自己都不太相信。」熾翼用另一隻手撫摸著他的臉，「可不管你信還是不信，我早就已經決定了。太淵，如果我還活著，那只會是為了你。」

太淵希望我死，我就會死；太淵希望我不要死，那我就不會死了。

「你……」是記得的嗎？那些事……

「你在害怕？」熾翼把自己的臉貼上他的臉頰，「有時候想想，我自己都覺得害怕。太淵，我怎麼會對你有這樣的感情？我要怎麼辦……我該怎麼辦呢！」

「你說你愛我……」就算這樣親暱地依偎著，太淵仍然無法相信這是真的，覺得熾翼下一刻就會推開自己，然後說這是個玩笑，就好像剛才他對紅綃那樣。

「不要懷疑我。」熾翼在他耳邊輕聲細語地重複著，「太淵啊太淵，你到底要怎樣才肯信我？」

太淵渾身一震。

「你可以讓我相信。」他的眼裡閃爍著光芒，「你可以做到的。」

熾翼放開太淵，看著他從懷裡取出了一樣東西。

「你把這個喝下去，把你剛才說的再說一遍，我就相信。」太淵的聲音發顫，「我就相信你是……你是……」

他還沒有說完，熾翼已經拿過了他手裡的瓷瓶，仰頭一飲而盡。

但是喝下去以後，熾翼什麼話都沒說，只是神情迷濛地看著太淵。

太淵也看著熾翼，越看越是心慌，因為一直以來，只有這個人他從來也看不透。

不知道他在想什麼，不知道他要做什麼，不知道他是不是真的……突然，熾翼大聲笑了起來，把毫無準備的太淵嚇得三魂不見了七魄。

「我輸了。」熾翼抬頭揚手，用衣袖掩住了自己的臉，一邊笑一邊說：「太淵，我還是輸給了你啊！」

「那不是毒藥，那只是泉水！」太淵慌忙拉住了他的袖子，對他解釋，「牧天宮有九十九座泉眼，從中湧出的泉水各自有巧妙不同的用處。這是其中名為『心思』的泉水，只要喝下去，就會說出心裡最真的話。」

「你看吧，我就知道最後會變成這樣，不過……也沒什麼不好。」熾翼放下了手，笑容淡然，絲毫沒有憤怒或者怨懟，一臉理所當然地說：「那麼太淵，你想問我什麼，現在儘管問吧。」

8

「熾翼……」

「是我。」

太淵鬆開手，最近時常困擾他的猶豫又湧上心頭。

「你到底要問什麼？」看太淵瞻前顧後的樣子，熾翼不耐煩了，「要是現在不問，等泉水的效力過了，你不怕我還是會對你說謊？」

太淵心中一凜，幾乎沒有任何考慮地脫口而出：「熾翼，你說你愛我，可是真的？」

熾翼眼睫一揚，忽然間整張面容生動了起來。

「居然第一句就問這個。」他邊笑邊脫下了紅色羽衣，隨手扔到長榻上，「太淵啊太淵，我該拿你怎麼辦才好？」

「熾……」太淵都覺得自己聲音沙啞得奇怪，連忙咳了兩聲，「其實是因為我……」

羽衣之下，熾翼只穿了一件輕薄綢衣，他解開了胸前唯一的結釦，接著把手順勢探進衣內，撫上肩頭，慢慢弓起手背。

輕柔的綢衣敞開滑落，露出了白皙的胸膛，若不是最後被纏結在腰間的金色穗帶阻住，恐怕會整件滑到地上去。

太淵急急忙忙抬起頭，視線固定在熾翼眉眼之間，強自鎮定地笑問：「怎麼脫起衣服來了，你很熱嗎？」

「是啊！」熾翼抓住他的手，攤開他握緊的手掌，按上了自己胸膛，「你摸一摸，我身上是不是很熱？」

掌下結實平滑、乾燥熾熱……太淵猛地抽回手，一臉受了驚嚇的表情。

「你的反應真叫我傷心。或者是……你在害羞？」

熾翼不容他後退，把臉湊到他的耳邊，扯過仍然緊握在一起的手，覆在自己腰間的金色穗帶之上。一隻手指按著一隻手指，穿進了帶結之中。

「太淵……你害羞的樣子，還真是可愛……」

太淵僵硬地說，「熾翼，就算你生氣，也用不著這樣戲弄我。」

「都這個時候了，你居然還在裝傻？」熾翼在他耳邊嘆了口氣，「我到底是生氣還是如何，你自己確認不是更好？」

熾翼拉著他的手一同往外輕扯，那看似複雜的帶結轉眼就散開了，綢衣隨著熾翼垂落的雙手滑落，露出了下面一絲不掛的頎長身軀。

骨肉均勻的完美身體映進太淵眼裡，讓他全身血液剎那間狂湧而上，轉瞬就把那顆不論任何狀況也遊刃有餘的腦袋，輕輕巧巧地燒成了一片空白。

更可惡的是，那個罪魁禍首非但沒覺得不妥，竟然牽起了他的手，直接就放到了那高昂滾燙的欲望源頭之上。

「你生氣的時候會這樣嗎？」熾翼的氣息混亂起來，「沒想到你居然這麼大膽……太淵，你真是個壞傢伙……我倒是想要生氣，不過現在這樣子……」

「這是怎麼回事？」太淵的臉紅得幾乎滴出血來，卻還掙扎著想找回一點理智，「那個……東溟他……他給我的難道是……」

「你慢慢地想，其他的事交給我就好。」熾翼靠在他身上，抬高膝蓋往他胯下蹭了蹭。

太淵誇張地吸了口氣，還貼在那處炙熱所在的手掌本能地用力收緊。

「啊！」猝不及防的熾翼吃痛輕喊。

太淵一驚，忙不迭鬆開了手。

「你這傢伙……」熾翼咬牙忍痛，半真半假地抱怨，「你想把我弄殘了不成？」

太淵側過頭去，看到靠在自己身上的熾翼臉頰緋紅，眉頭半鎖，眼中的水光竟似要滿溢而出，一時之間心神蕩漾，不能自已。

疼痛稍緩，熾翼一口咬住他的耳垂，看似凶狠的的動作卻在輕輕地磨了磨牙以後，就變成了輕柔的舔吮。劇烈的酥麻竄過全身，太淵腰腿一軟，幾乎站立不住，原本被熾翼倚靠的他變成需要熾翼支撐才能勉強站立。

他必須緊緊扣住熾翼的手臂，才不至於因為發軟打顫的膝蓋，丟臉地跪倒在熾翼腳邊。而他也很清楚導致自己渾身無力的，是被熾翼撩撥起來的瘋狂欲望。

不行！不能這樣下去！太淵，你清醒一點！你應該好好設想對策，而不是在這裡跟著中了催情藥物的熾翼糾纏下去……

太淵閉起眼睛，試圖強迫自己不理會身體的騷動，把注意力分散到其他的事情上。

「你是不是在想，不該繼續留在這個地方？」熾翼一眼看穿了太淵的想法，還非常配合地主動推開他，轉身走到床榻上躺了下去，「那你走吧。」

太淵張開眼睛，吃驚地看著他。

「不過你記得幫我喊個人進來，要快……我這樣子，可忍不了多久。」熾翼用手撐著下頷，眼角眉梢滿是勾引，那具毫無遮擋的身體更是每一寸每一分都散發出濃烈的情欲氣息。

太淵愀然色變，腦海裡閃現出熾翼和別人在床被間翻滾的模樣，幾乎是立刻脫口大叫：「休想！」

「你不幫我，也不許我找別人……」熾翼蹭著身下的豔紅羽衣動了一動，白皙緊實的身體製造出了驚人的效果，「你看我這樣，該怎麼辦呢？」

太淵站在那裡，呼吸聲甚至比正在強忍欲望的熾翼還要粗重。他一眨不眨地看著熾翼，看著汗水從熾翼的鬢角滑落，混合了殘留的血漬，變成一絲嫵媚的淡紅流淌到了頷下……

身為水系神族後裔的太淵，生平第一次體會到了口乾舌燥的滋味。

這樣誘人的熾翼，怎麼能輕易讓別人看到？這樣邪媚的熾翼，怎麼能隨意任別人輕薄？這樣令人神魂顛倒的熾翼，怎麼能……就這樣拱手給了別人？

「我就知道你捨不得……」熾翼朝他伸出了手，嘴角浮現一抹篤定的笑容，「太淵，既然不捨得把我讓給別人，你還傻站在那裡幹什麼？」

雖然腳步遲疑，太淵還是走了過來。

熾翼跪坐起來，握住了他放上來的手，一反剛才的耐心與悠閒，迅速拉他坐到了榻邊。

「你再磨磨蹭蹭的，我就快要死了。」熾翼把他的手放到自己胯下，讓他知道自己忍耐到了什麼樣的程度。

太淵覺得自己從指尖到髮稍，都被那種難以想像的灼熱燙得體無完膚。

「你怎麼這麼冷淡？」看他呆滯的模樣，熾翼擰了擰眉，決定竭力自救。他引導著太淵的手指包裹住自己的欲望，前後摩挲轉動起來。

熾翼的眼眸之中不再是盈然水色，而是一片欲望氤氳的海洋，他半垂眼睫，豔麗的嘴唇翕合輕顫，斷斷續續發出壓抑的呻吟。

這樣的熾翼……

一隻手隨著他的節奏舞動，抬起另一隻手環住了他的頸項，把他那妖嬈的神情按向自己，然後用唇齒掠攫那長眉、那鳳眼、那高鼻、那薄唇……反覆蹂躪，唇舌糾纏，心中卻還是空空蕩蕩。

一碰到他，那種幾乎成了習慣的驚慌焦躁，一如既往地燒灼了自己。那甚至讓自己有種怪異的感覺，覺得自己這個時候不論對他做什麼，都是理所當然的！

都是他的錯……太淵閉起眼睛，往那嬌豔柔軟的薄唇上狠狠咬了下去。

欲望來得猛烈，熾翼又強忍了太久，這時被太淵猛地咬痛，再也忍耐不住，渾身顫抖著把濃濁滾燙的液體噴濺到了兩人相疊的手中。

熾翼無力地靠在太淵胸前，發洩過後的倦怠席捲了全身，耳邊傳來的劇烈心跳聲讓他勾起了嘴角。

「我收回剛才的話。」他帶著一絲慵懶用手支起身子，另一隻手看似無意地撫過太淵下腹，「太淵你一點也不冷淡……」

隔著依然整齊的衣物，也能感覺到太淵身體的變化，只是他之前的表現與其說情動，不如說是受了驚嚇的呆傻，才讓熾翼以為他對自己沒有反應。

太淵的目光迷濛成了一片，拉住了他作怪的手，「你別……」

「我剛剛還有些氣惱，你平時看上去知情識趣，怎麼到了緊要時刻居然變成木頭，只知道看著我發呆？」熾翼笑了出來，「不過看你這樣子，想必是太激動，身子軟得動不了吧！」

太淵腦中混沌，但隱隱察覺這樣子下去，局勢一定會為熾翼主導，而且看熾翼那種志在必得的目光，好像有些……

來不及多想，熾翼又趴到了他身上，一隻手鑽進了他的衣內，那不知是冰涼還是熾熱的指尖讓他渾身一顫。

「太淵，你放鬆一點。」熾翼與他額頭抵著額頭，那隻已經在他褻褲裡的手，握起灼熱腫脹的分身輕輕摩擦，輕聲細語地哄著，「要是被人看到了，還以為我在欺負你呢。」

「你……」可不是在欺負人嗎？

熾翼見他咬了別人不算，現在又咬自己的嘴唇，連忙低頭含住了他的唇瓣。

太淵被他的舌頂開牙關，逼得張開了嘴，兩人唇舌糾纏，唾液順著太淵的嘴角流淌下來，襯著他泛紅的臉頰，讓熾翼的目光越發深邃幽暗起來。

他直起上身，手上用力地握了一握，太淵受不了刺激，整個身子弓了起來，幾乎立即就要洩出來。熾翼的手卻用上了力氣，牢牢困住了他的欲望。

「不要……放……」太淵雙手抵住他的胸膛，眼前一片白茫，身體叫囂著想要發洩。

「不要放？好啊！」熾翼另一隻手環上了他的腰肢，邪惡地說，「太淵你的要求，我不論怎樣都會滿足的，就算這樣一直抓下去……」

太淵被欲望逼迫得渾身發顫，宛如正經歷一場酷刑，只能用顫抖的聲音央求著他：「熾翼，求你……」

「剛說你老實，你又狡猾起來了，真是不能誇。」熾翼低頭去啃他的耳垂，「我還沒開口要你求我，你就知道討饒了。」

「熾翼！啊！熾翼……」太淵張大了嘴，眼中隱約含著水光。

熾翼在他耳邊輕聲地問，「你要我放手對不對？」

太淵用力點著頭，引得他笑了出來。

「那麼，你要記得了。」熾翼的聲音有些奇怪，「我現在還抓著，可只要你開口求我，我一定就會放開。」

太淵沒有心思細想，因為熾翼已經鬆了手，桎梏一去，他迫不及待地釋放了出來。

「太淵，你要一直這樣乖乖的哦！」熾翼很是滿意他的反應，附在他的耳邊，半是哄騙半是誘惑地說，「你乖乖的，我會讓你很快活！要是你不乖，痛了可不能怪我……」

過於強烈的心跳讓太淵聽不到熾翼在說什麼，他張著嘴不停喘息，那樣子讓熾翼忍不住再一次把他壓到了豔紅的羽衣之間。

「太淵和紅色……也很相配啊！」熾翼低聲呢喃著，眼睛裡閃爍著異樣的光芒。

「熾翼？」終於回過神來的太淵微微皺眉，不明白他要做什麼。

「你以為那樣就結束了？」熾翼勾著嘴唇，扶在他腰上的手慢慢下滑，「你不會以為只用手，就能滿足我吧？」

太淵突然變了臉色，抓住熾翼的肩膀想把他從自己身上推開。

雖然堅韌卻又滑膩的美妙觸感令太淵有一瞬失神，但這種迷惑並沒有維持太久，因為他意識到熾翼接下去想對自己做什麼，對那種畫面的想像讓他的臉色剎那間從緋紅轉為了慘白。

「太淵，你這樣地迫不及待要成為我的人嗎？」熾翼低笑了一陣，「不行啊，要是把你弄傷了，我會心疼的。」

感覺到抵在腿間的炙熱硬物，太淵不敢再輕舉妄動，聲音僵硬地說：「熾翼，別開玩笑了，你知道……」

「我知道你不會拒絕我。」熾翼把手放到了他的唇上，「因為太淵你啊，絕對捨不得把我讓給別人。」

黏膩腥膻的味道從熾翼的手上傳來，那是熾翼和他的……

「太淵太淵太淵！」熾翼看出了他的茫然，賴在他身上一疊聲喊他，「我也是身不由己，我現在太難受了，你不捨得讓我難受的，是不是？」

熾翼一粒粒解開他的衫釦，潛進他的衣襟，緩慢磨人地撫摸輕移。太淵繃緊了身子大聲喘息，感覺自己剛剛紓解過的地方又一次興奮了起來。

「我是太淵的第一個男人。」熾翼繼續在他耳邊調笑，還說著令人惱怒的輕佻話，「不知道太淵吃起來，會是什麼味道呢？」

「夠了……」

「嗯！不論怎樣，太淵一定是最好的那種……」

「夠了，熾翼。」太淵掙動著，「你放開我。」

「又香又甜。」熾翼輕吻著他鎖骨，「真想把你一口吞下去……」

「夠了！」太淵用力抓住熾翼的手腕，身子一翻就把他按到了身下。

熾翼一時沒有提防，反應過來的時候，已經被死死地抵壓在床榻之間。

「你也對他說了這句話吧！」衣衫凌亂的太淵俯視著他，臉上沒有了情欲，而是憤怒的鐵青。

「什麼？」熾翼有些愕然，不明白上一刻還任自己為所欲為的太淵，為什麼突然變了臉色。

「凌霄！」太淵從牙縫逼出了這個名字。

「凌霄？」怎麼會扯到凌霄身上去了？

「你可別告訴我，他做了你幾百年的情人，你就從來沒有碰過他。」太淵眼角抽動，極力壓抑著怒火，「難道在你眼裡，我不過和他一樣是你的玩物？熾翼，你怎麼敢……」

「其實我……」熾翼本想解釋，但一個轉念，笑了笑就問，「太淵，你在吃醋？」

「你！」

「就算你要吃醋，也得告訴我那個凌霄到底是什麼人吧！」熾翼一臉無辜地眨了眨眼睛，試圖重新把兩人的位置調轉回來，「你忘了嗎？我什麼都不記得了。」

「是啊！你已經忘了他，卻還是這樣擅長與男子調情。」太淵冷冷一笑，眼中有著某種令人不安的決心，「那個對你痴心一片的凌霄，一定就像剛才的我那樣被你勾引得神魂顛倒，自願雌伏在你身下，任你予取予求吧！我剛才的表現不知比起他來如何，可能令你滿意？」

「太淵，這種時候你鬧什麼彆扭？你乖一點……」熾翼又伸手過去，卻被他在半途攔下。

「熾翼，我不是孩子，更不是你那個乖巧順從的凌霄。」太淵目光深邃，神情帶著恨意，「不許你把我看成他！不許把我看成你那只會逢迎討好的男寵！」

「我沒有把你看成別人。」熾翼笑得有些勉強，他怎麼能想到幾句調笑會惹得太淵這麼大的反應，「太淵，你不會是準備丟下我不管了吧？」

「熾翼，你不明白嗎？」太淵的聲音如同絮絮耳語，「我絕不會讓你把我看成是他。」

「我都說了……」熾翼緊鎖眉頭，難耐地閉上了眼睛，「這也不行那也不好，那你就滾出去好了！」

「你想把我趕出去，然後隨便找個人是嗎？」太淵陰冷地笑了起來，「你以為在這座城裡，沒有我的允許，有誰敢碰你？」

「那麼，你是寧願我死了？」熾翼動了動嘴角，「你這壞心腸的……啊！」

太淵俯首到他胸前，洩憤似地咬住一側引誘自己許久的豔麗茱萸，用的力氣就像是要撕咬下來一樣。熾翼不禁臉色發白，緊緊抓住他的頭髮，想要把他從自己胸前扯開。

也不理會熾翼的推拒，直到嘴中嘗見血腥的味道，太淵才停了下來。

他抬起頭，滿是陰霾的眼睛盯著熾翼，熾翼下意識地把頭後仰，不安地嚥了口口水。

「太淵，你不會是想……」

「按照你的性子，定然不願意屈居人下，所以他一定沒機會碰你的，對不對？」

太淵舔了舔唇上的血漬，露出狡黠的微笑，「熾翼，你讓我抱，好不好？」

「當然不好！」熾翼嘴角抽動，「你也不想想我這樣是誰害的，居然還要……」

「我本來倒也沒有關係，都是你不好。」太淵伸手勾上他的頸項，貼著他的胸膛上移，「你不記得了，不然你該知道的，我最討厭那個凌霄。你把我當誰不好，居然把我當成是他！」

兩人赤裸的肌膚相貼摩擦，各自強壓著的欲望都被勾了起來，熾翼更是壓抑不住，輕聲呻吟了起來。

「熾翼，給我。」太淵輕撚著被自己咬破的乳尖，把鮮血塗抹在熾翼的胸前和頸邊，「你不是說你喜歡我，為什麼不肯把自己給我呢？」

身體因為無法紓解的欲望而顫慄發痛，可手偏被太淵壓住了，連撫慰自己都做不到。縱然這樣難受，熾翼仍然無法立即答應太淵的要求。

要居於下位……就算是太淵，那也……

「熾翼，你為什麼不答應我？」太淵也不好過，但他不知道自己說這話的時候，連眼眶都是紅的，「把你沒有給他的東西給我，熾翼！」

熾翼和他對視了好一會兒，最後長長地嘆了口氣。

「好吧！如果是太淵……」熾翼摟住他的腰，用刻意放軟的聲音對他說，「不論太淵要怎麼做，我都沒有關係。」

太淵愣了一愣，眼中閃過狂喜，沿著熾翼白皙的脖子一路吻了下來。一隻手持續地在熾翼光潔緊實的胸膛上游走撫摸，另一隻手卻已經沿著熾翼的腰線往下，往凹陷的陰影處摸索了過去。

「太淵，你……你別這麼著急，我已經……答應你了……」熾翼氣息不穩，把腰抬高想躲避太淵的手指，沒想到反而是方便了太淵。

微涼的手指突兀地刺進體內，他忍不住驚喘了一聲，反射性地繃緊了身體，高漲的欲望立刻消失得無影無蹤。

手指在……在熾翼的身體裡面，那裡面……太淵焦躁起來，用力打開了熾翼的雙腿，抓住腳踝曲起他的膝蓋。

這種羞辱的姿勢讓熾翼神情丕變，幾乎立刻握緊了拳頭，但觸到太淵迷離狂亂的目光，他堆積起怒火的心，轉瞬又變成了一泓春水。

太淵用手指強硬地撐開了緊閉的幽穴，然後扣著熾翼的腰，就這樣粗魯莽撞地衝了進去。

熾翼的臉因為痛苦而扭曲了起來，而太淵也好不到哪去，缺乏潤滑讓他剛進入熾翼的身體就卡在了那裡，沒有辦法再前進一寸。

「這麼心急……」熾翼臉色發白，卻是戲謔地笑著，「難道太淵在我之前，竟是……什麼人的味道都沒有嘗過？」

太淵惱怒地咬了咬牙，彎起腰稍稍往後退出少許，然後再次用力地挺腰貫入。

熾翼猛地弓起身子，緊緊抓著太淵的手臂，黑色的長髮如飛瀑般流瀉而下，映襯著他因痛苦而蒼白的俊美臉龐，竟揉合成一種異常冶豔惑人的風情。

太淵被這樣的美麗奪去了呼吸，捉了一縷黑色的長髮到自己手中，勾住了他幾乎癱軟下去的白皙身體，盡可能近地和他貼合到一起。

「好痛……」身下傳來撕裂般的劇痛，熾翼知道自己一定因為太淵的粗暴受了傷。

「我知道……我是故意的……」他知道這樣會讓熾翼很痛，可他就是要讓熾翼疼痛，因為只有這樣，才能讓熾翼記住……

他說得模模糊糊，因為連他自己都不太明白，自己到底是出於怎樣的心理，要用這樣粗野的方式占有熾翼。

明明知道更溫柔，也能令兩人都更加快樂的方法，但剛才，他就像是著了魔似地，只想著怎麼讓熾翼痛苦。

伏在他肩上的熾翼似乎從痛苦之中緩過了神，慢慢把頭抬了起來，竟是眉眼之間都帶著笑意。

「我知道你忍了很久。」雖然臉色慘白，熾翼的笑容卻還是那樣肆意而張狂，「太淵，其實你垂涎我已經很久了吧。」

說完，他竟然動了動腰。

太淵腦中轟然作響，怎麼還能忍得下去？

他抱著熾翼倒在柔軟豔麗的紅色羽衣之間，開始晃動身體，在那溫熱緊窒的甬道裡尋找銷魂蝕骨的快樂。

但他看到熾翼暗自忍痛的表情，還是下意識地強迫自己放慢動作，伸手去撩撥熾翼垂軟下來的分身。熾翼在喉鼻之間發出沉悶的哼聲，在他的撫弄之下，欲望很快再次茁壯。

藉著鮮血的潤滑，太淵輕輕地退出，深深地進入。隨著時間過去，那種撕裂的痛似乎逐漸消失，而飽漲和麻痺的感覺慢慢從身體深處浮現了出來。

熾翼喘息起來，夾雜著一兩聲低低的抽氣。太淵無法克制地加快了動作，他在熾翼體內來回撞擊，在熾翼強忍的低吟中，得到了難以言喻的滿足。

而在他撞擊到了熾翼體內的某處，明顯感覺到了熾翼渾身一顫，原本痛苦的低語更是變成動情的低吟。

「你慢……慢一點……啊！」熾翼用力咬住自己的手腕，才止住了不斷從口中溢出的呻吟。

太淵不停自那一處經過，感覺著他為自己顫慄驚悸，貪婪地在那雪白的身體上留下屬於自己的印記，因欲望而暗沉的眼眸之中，只有在豔紅之中輾轉翻動的美麗身影。

9

東海，千水之城。

黎明已過許久，千水之城水霧籠縈。惠澤地上眾生的耀目金烏，在遮天蔽日的霧氣面前，也只能是淺淡的微涼裝飾。

「熾翼大人！」跪在後頭的侍官又一次請求，「請您快些回去吧！」

「回去？」他回首遙望，表情茫然，「回哪裡去？」

「自然是回于飛宮。」侍官小心地說，「若是七公子到了沒見著您，恐怕又會……」

「嗯！」他微揚嘴角，慢慢地轉回頭來，再次仰首朝向天際。

侍官心裡著急，卻不敢再說下去。而正在這時，恰巧又看到太淵緩步走近，立即慌張起來。

對這位心思難測的七公子，城裡的僕從們都是心存敬畏，戰戰兢兢地侍奉左右。事實上，只要做好分內工作，不要多嘴多事，這位倒不算難伺候的主子。

尤其這些年以來，就算有人不小心犯錯，七公子也不怎麼會認真追究，往往笑著訓斥幾句就過去了。

沒有人敢在私下議論，但大家心照不宣，七公子之所以如此溫和，都是在搬進于飛宮和熾翼大人同住之後。可以說從那時開始，七公子就讓人感覺他是個再隨和寬厚不過的好主子。

但是一個月以前，七公子匆匆忙忙離開，等他隔了幾日再回到千水，城裡原本和緩的氣氛就突然變了。

這些天接連聽到不少人因為各種原因，被七公子下了命令責罰。罰得倒不是多麼嚴重，可單憑七公子當時表現出來的怒氣，就足夠讓人膽戰心驚。

印象裡，七公子連不笑的時候都很少，更遑論在人前發怒，而且為了小事遷怒下人，在他來說也是從沒有過的事情。

非但如此，這些日子以來七公子甚至不曾留宿于飛宮。要知道在一個月之前，他還極少踏出于飛宮一步，整日裡都與熾翼大人形影不離。

七公子表現如此反常，任誰都能看出他心情大壞。可在最忌諱擅自多嘴的千水之城裡，唯一能過問七公子心情而不至獲罪的熾翼大人，偏偏像是完全察覺不出任何異樣。

任由七公子在面前焦慮煩躁也好，夜不留宿也好，熾翼大人只自顧自地作息如常，甚至比之從前與七公子纏綣終日，似乎過得更加愜意自在。

也是熾翼大人這種不聞不問的態度，使得七公子這些天脾氣越發暴躁。昨日，七公子到了于飛宮沒看到人，臉立即就黑了，若不是熾翼大人正巧回來……

太淵抬手制止侍官發出聲音，並且示意周圍的人全部退開。

眾人悄無聲息地退去，太淵卻沒有立刻上前，而是在熾翼身後默默站著。

東海吹來的風有些淩厲，眼前那人散開的長髮與袖袍飛揚飄搖，鮮紅墨黑混雜交錯，織金條帶閃爍流光。

雖然這些年也曾有疑惑，但直到此刻，太淵終於確定了這不是自己的錯覺。

不論霧氣怎樣地濃重，在熾翼身旁總要淺淡上幾分。所以，在一切矇矓難辨之間，他才總是如此鮮明豔麗，令人無法移開目光。

「太淵……」風裡傳來低聲的呢喃，「我會不會想錯了呢？」

「什麼？」此情此景令太淵有些恍惚，縱然心中想要上前拉住熾翼，把他摟進自己懷裡，可那一步怎麼也邁不出去。

「我本來以為……」站立在毫無遮攔的邊緣，只要熾翼再往前一步，就會落到濃霧氣之中，「可也許我錯了也不一定，我始終把自己……」

他低下頭，想像著深藏在不可見的雲霧之後，那暗潮湧動的靛藍海水。

在太淵眼裡所看到的，卻是熾翼慢慢往前傾去，似乎想要就此投進風裡。他心裡一震，不由自主地跨步上前，從背後攬住了熾翼的腰。

他貼在熾翼的耳後，輕聲笑問：「熾翼，你想做什麼？」

「你抓得這麼緊，我能做什麼呢？」熾翼沒有回頭。

「你不是想要跳下去？」太淵笑瞇了眼，收緊環在他腰間的手臂，「我不是攔你，不過讓我和你一起跳，好不好？」

「不行。」熾翼側過了臉。

太淵沒想到他會斷然拒絕自己，用黯然的聲音問：「為什麼？」

「你以為你想怎樣就能怎樣？」熾翼狹長的眼裡帶著一絲戲謔，「若我真要跳下去，才不會讓你有和我一起跳下去的機會。」

明知道熾翼不過是在說笑調侃，太淵的心還是免不了沉了沉。

「生氣了？」熾翼在他懷裡轉過身來，用手捏他的臉，「真是個愛生悶氣的傢伙。」

太淵輕聲嘆了口氣，「熾翼，我最近有些煩心的事，不知道怎麼辦才好，又怕控制不住自己惹你生氣，所以才盡量不來見你。你不要怪我，好嗎？」

「你盡量不來見我？有嗎？」熾翼用手覆住他臉上被自己捏紅的地方，「我怎麼覺得你一直在眼前晃來晃去？」

想到自己這幾天的反覆無常，太淵低下頭笑了起來，目光所及卻令他為之一凜，緊擁著熾翼的手更是不知不覺鬆開了少許。

細細的紅痕從熾翼領邊延伸而上，若有似無地圍繞著熾翼的頸項層疊舒展。那熟悉的紋路，分明是赤皇印！

時隔數千年，再見到這令人心寒的印記，太淵眼底驟然一片晦暗，雙手也慢慢自熾翼腰間離開。

不是他願意胡思亂想，但自從誅神陣一役，赤皇印已經在熾翼身上消失了很長的時間。偏偏此時此刻，代表著火族赤皇的印記重現，這……又預示了什麼？

太淵抽身後退，原本緊挨著的兩人就此分離開來。

熾翼站在原地，身後襲來的強風讓他的髮和衣再次飛舞。

兩人對望了片刻，太淵先移開了目光。

「我聽說你最近常來這裡，一站就是半天。」他竭力抑制著劇烈跳動的心，用還算輕鬆的語氣問：「可這裡能看到的除了海水還是海水，我不明白究竟是什麼吸引你？」

「我也不知道。」熾翼側過頭，用手壓住了一邊的頭髮，「只是有時候會覺得，好像在那個方向……」

太淵順著他的動作，把視線投向茫茫的海水雲霧之中。

「到底是怎麼了，我說不上來。」熾翼嘴角含笑，「只是最近我常常有一種感覺，好像有什麼事情就要發生。」

這個方向，不就是……太淵臉上頓時青白一片。

「那種感覺很奇怪，也很特別。」熾翼眼中有著喜悅，自顧自地絮絮低語，「雖然不知道是什麼，可我覺得應該是件好事。」

太淵臉色越發難看，生怕熾翼回頭看到自己失態，連忙轉過身背對著他。

「太淵，你怎麼了？」熾翼在背後問。

「我突然想起還有事要辦。」太淵倉促地說，「你也早些回于飛宮吧。」

「好。」熾翼的聲音有些飄忽。

隱約之中，能見兩個身影背對著，正漸離漸遠……不遠處，她透過半敞的窗戶看到這一幕，在心底默默嘆息了一聲。

又過了一陣，聽到有人推門進來，她理了理本來就很整齊的衣服，屈膝跪到地上。等來人走到她面前的時候，頓首拜了下去。

「我知道妳是個認真的人。」來人無奈地說，「可也用不著每次見我，都行這麼大的禮。」

「禮不可廢！」她依然低著頭，聲音沉穩堅定，「赤皇大人是火族聖君，我是您的臣下，向您行禮理所當然，怎麼可以隨隨便便……」

「妳一板一眼的性子還真是千萬年不變。」熾翼打斷了她，施施然坐到了一旁的椅子上，「妳喜歡跪就跪，跪夠了就站起來，我還有事要妳去辦呢，依妍。」

跪著的依妍終於站了起來，垂眉斂目，肅立在他面前。

她依然不卑不亢，穩重沉著，非要說和擔任水族女官時有什麼區別，那麼就是神情嚴肅，看上去更加地認真刻板。

「妳查到了嗎？」熾翼整理著凌亂的頭髮。

「是的。」依妍低著頭，「就像您所猜測的那樣，紅綃出現了涅槃的先兆。」

這答案早就在熾翼意料之中，令他覺得有趣的是，向來講究尊卑的依妍，竟對紅綃直呼其名。

「妳直接喊她紅綃？這可不像妳。」

「既然您已經有了決定，紅綃從此便不再是我火族的公主，只是一介罪臣罷了。」依妍面無表情地回答，「對罪臣，又何須遵守禮儀規矩？」

「什麼都瞞不過妳的眼睛。」熾翼微微一笑，「不過說紅綃是罪臣，倒有點冤枉了她。」

依妍沒有接口，一臉波瀾不興的模樣。

「那麼依妍。」熾翼倒不準備就此放過她，「妳來說說看，這次又會是誰輸誰贏，誰勝誰負？」

「若是我說，您根本不在意勝負輸贏。」依妍抬起眼簾看了他一眼，「滅族之恨，又豈是輸贏能夠衡量？」

熾翼點了點頭，「也對！若不是被誅神陣耗盡法力，我又何須忍耐多年？我的確喜歡太淵，只可惜……」

他站起身，走到半敞的窗前。

「我和他，也只能走到這裡了。」面對著的，正是南方的棲梧，「但願他別讓我失望，或者……別讓我太失望了。」

南天，棲梧城。

漆黑夜幕之中，昔日的火族都城巍峨依舊，只是燈火集中於寥寥幾處，免不了讓人生起蕭瑟敗落的感覺。

昏暗宮殿中，紗帳裡躺著棲梧城如今唯一的主人。

和往日一樣，她早早摒退了僕從，昏昏沉沉地在床榻間輾轉不寧。

突然間，一道風吹進了應是緊閉的宮殿，輕薄紗帳隨之舞動，燈火盡數熄滅。

「紅綃。」半夢半醒間，她聽到有人在喊自己的名字。

她費力地睜開眼睛，恍恍惚惚地看向帳外。

一個女官打扮的女子提著琉璃宮燈，在明滅的光線裡，另一個修長的身影披著黑色斗篷，從頭到腳遮得嚴嚴實實。

「依妍？」紅綃仔細了看看，認出了那人身旁的女子，隨即臉色一變，「是……太淵嗎？」

可問完之後，她立即發覺了眼前的依妍，和印象裡那個水族女官不太一樣。

「紅綃，見到聖君怎麼不下跪行禮？」依妍的語氣冷漠嚴厲，哪裡還有半點卑微謙恭的樣子。

「什麼聖君？」紅綃撐起身子，疑惑地問，「太淵，是你嗎？」

笑聲從黑色的斗篷下傳了出來，那絕不是太淵的笑聲。

「熾翼？」紅綃鬆了口氣，「你怎麼會來這裡？」

「別真把棲梧當成了妳的東西。」熾翼拉開身上的斗篷，「至於我來這裡，當然是為了迎接我火族下一任聖君臨世，順便恭喜妳將要浴火涅槃。」

他斗篷下的穿著與往常截然迥異，那是一襲金色華衣，層疊金紗上繡著飛舞的鳳凰，黃金羽冠璀璨生輝，輕薄的綢帶無風迴繞。這身金色似乎把周圍的光芒都吸引到他的身上，然後又千百倍地折射出來，讓人無法直視。

紅綃驚詫地看著他，「你怎麼穿著父皇的衣服？」

「怎麼，我沒有資格嗎？」熾翼揚起嘴角。

「不是什麼資格不資格的問題。」紅綃啞然失笑，「只是如今火族盡滅，你當這個孤寡的聖君還有什麼意義？」

「紅綃，妳太放肆了。」熾翼身邊的依妍抬起一直低垂的頭，「若不是當初聖君將妳從西蠻之地帶到棲梧，妳怎麼有機會在這裡大放厥詞？」

「妳是什麼東西，竟敢對本后大呼小叫，還直呼本后的名諱？」紅綃怒道，「我和熾翼說話，是妳能隨便插嘴的嗎？」

「妳直呼聖君名諱，難道就不是沒有規矩了？」依妍輕蔑地看著她，「還是妳忘記了自己也是火族，才敢對一族之長如此放肆？」

「妳……原來她是你在水族的一著暗棋。」紅綃心思一轉，立即就想明白了，轉向熾翼說道，「我可沒有向太淵透露任何關於你的事情。」

「我知道。」熾翼用一種惋惜的目光望著她，「雖然我知道這一天遲早要來，不過實在沒想到會來得這麼快。」

「你是指……」

「我已經說過了來這裡的目的。」熾翼雙手環抱在胸前，「紅綃，妳在做一件危險的事，但很顯然，妳並不瞭解那有多麼危險。」

「你把話說清楚！」紅綃的額頭滲出了更多冷汗。

「紅綃，我知道妳不甘心。最先是赤皇，然後是水族帝君，最後是太淵，這三個人先後辜負了妳的期望。」熾翼冷笑著問：「可妳為什麼不知道吸取教訓，對東溟的話深信不疑，堅持生下這個孩子呢？」

「因為翔離有共工，你有太淵，而我呢？我什麼都沒有！」紅綃站了起來，幽暗堂皇的宮殿裡，她彷彿慘白脆弱的幽靈，「你們在我身旁來來去去，最初每個人都對我憐惜呵護，但很快就全部變了樣子，毫不留情地轉身離開。」

「妳有沒有想過，為什麼會變成這樣？」

「我知道，因為我太貪心了，不知道滿足嘛！」紅綃嗤笑了一聲，「就算我安分知足，那又能怎樣？至多也不過像碧漪，孤單地活著，孤單地死了，再沒有人記得她。我不願意，我才不要變成那樣！」

熾翼眼角一動，微微攏起了眉。

「你也不用多說，共工是把我誤認為翔離，至於太淵，他只是把我當成了一個藉口。爭奪天地，滅絕神族，總是需要一個藉口！而一個被父親搶走的愛人，不正好是個完美的藉口？如今他的目的達成，我也就不重要了。」

她往前走了幾步，扶著身旁的柱子，看似搖搖欲墜弱不禁風，目光中卻充滿了執著的決心。

「你們都是一樣的，從沒有人真心對我，從來沒有把我當成紅綃來看。既然你們可以漠視我利用我，為什麼我就不能隨心所欲做想做的事情，好好為我自己打算？」

熾翼的輕笑聲在寂靜宮殿中迴盪，好一陣才平息下來。

「妳知不知道我在笑什麼？」他憐憫地看著紅綃，「紅綃，妳之所以事事不能如意，不該把責任歸於貪婪，搖擺不定才是最主要的原因。」

紅綃的臉色更加蒼白，整個人靠到了庭柱上。

「你又好到哪裡去了？若不是你過於眷戀太淵，火族又怎麼會折毀在他的手上？」她咬了咬牙，「你敢說神族之所以失去天地，與你對他的縱然默許一點關係也沒有？」

熾翼沒有否認，而且看他的神情，竟是一副默認的架式。

「你對他真的……愛得這樣深？」紅綃失魂落魄，「你要知道，太淵是一個永遠不會滿足的人，他喜歡追逐不屬於他的東西，先是我，然後是天地，再來就是你……你也看到了，他對於已經得到的東西很快就會厭倦。熾翼，別以為你會是不同的，其實你也一樣，他很快就會厭倦你……」

「妳就當我瘋了。」熾翼臉上依然帶著笑意，「至於他對我厭倦，這妳就不用擔心了，我不會給他任何機會。」

話音剛落，紅綃還沒來得及想明白這句話的意思，就見到眼前金光閃動，然後眼前一黑，頓時失去了意識。

熾翼伸手撈住紅綃癱軟的身子，把她推給了身畔的依妍。

「赤皇大人。」依妍扶住紅綃，忍了許久的話終於問了出來，「值得嗎？」

「對我來說，沒有什麼值不值得，只有願不願意。」熾翼頭也不回地朝殿外走去，「也許這是最後一次機會，說什麼我都要賭上一賭。」

「大人！」

耀眼的金色漸行漸遠，轉眼就被黑暗吞噬，再也看不見了。

東海，千水之城。

熾翼在夜色將盡之時，回到了千水之城。內殿房間裡，在他離去時沉睡著的太淵依然睡得很香。

熾翼在門外站了很長一段時間，什麼都沒有做，只是站在那裡，靜靜看著躺在床上的太淵。依妍在離開他幾步的地方低頭跪著，手上捧著他脫下的金色帝服。

黎明前近乎死寂的安靜之中，熾翼低低地嘆了口氣，終於緩步往房裡走去。

「妳走吧。」他邊走邊說：「從這一刻開始，不要讓我再看到妳了。」

依妍沒有應聲，只是對著他的背影行了大禮，然後就起身頭也不回地離開了。門無聲無息地在身後合上，所有光線被隔絕在外，只有鑲嵌在角落的夜明珠散發出幽暗光芒。屋內一切頓時變得曖昧難明，就連他身上披著的紅色外衫，都因此失卻了豔麗鮮明。

太淵仰面躺著，雙眉之間有些褶皺，似乎在睡夢中也放不開他無限的心事。

只有在睡著了以後，太淵才會皺眉。而熾翼一直覺得，只有這個時候的這種表情，才是太淵真正的模樣。

那些無法舒解的重重憂慮、盤根錯節的恩怨情愁、彷徨茫然的複雜心意，只有在這淺淺褶痕裡，才能窺視到一星半點。

在過去無數個夜裡，他時常默默看著這樣的太淵，這是他唯一覺得自己和太淵真正靠近的時候。

熾翼走過去躺到寬闊的床榻上，躺在了太淵的身邊。

兩個人仰面朝天，肩靠著肩。

安安靜靜地躺了很久以後，目光幽暗而又深遠的熾翼，突然無聲地笑了起來。他一個轉身，把大半的身子壓到太淵身上。

他輕聲地問：「你到什麼時候，才會醒過來呢？」

太淵的睫毛微微動了一下，皺著的眉頭隨之舒展，然後張開了眼睛。

「熾翼。」他輕聲喚著那人的名字，手幾乎是下意識地摟上熾翼的腰。

還來不及問他什麼，唇齒輕觸……柔軟熾熱的觸感，讓太淵立刻斷了問話的念頭，他按著熾翼的頭，加深了這個吻。

太淵扶著熾翼慢慢坐起，吻卻捨不得停止片刻。他舔吻著熾翼的唇，終於拉開一寸距離。

「怎麼還沒睡？」他問得很輕，聲音只在熾翼耳邊一飄而過。

熾翼勾起笑容，雙腿因為坐起的動作，跪夾著他的腰，敞開的衣襬下，被朦朧光線映照得更加美麗的大片肌膚毫不掩飾地暴露出來，襯著紅色的衣服，混亂了他的思緒。

他摟緊熾翼的身體，讓兩人更加契合地貼近。

「熾翼……」他喃喃著這個名字，按著熾翼的後腰，吻從脖頸蔓延開，一寸寸舔過熾翼的肌膚。

神魂顛倒之時，他微微睜開眼，卻是令人心寒的印記猛然嵌入眼底。

在那白皙肌膚上蔓延開來、幾乎完整如昔的印記……是赤皇……赤皇印……

太淵竟是顫抖了起來。

他總覺得這個鮮紅的印記，會把熾翼帶走……就是這赤皇印……

「啊！」熾翼痛得皺起眉頭，喊出了聲。

太淵居然一口咬在他的頸邊，用力得彷彿要扯下一塊肉來。

「你想咬死我？」熾翼語氣輕渺地問。

熾熱的血液滾進他的口中，充滿著熾翼獨有的味道。

那是火焰灼燒的疼痛和蓮花初綻的清甜，是一種能夠蠱惑所有人的毒。太淵抬起頭，將熾翼用力按進床榻間。

「熾翼……」他聽見太淵一遍遍叫著自己的名字，「熾翼，你是我的熾翼……是我的！熾翼，對不對……」

意識近乎混亂的熾翼卻渾身一僵，猛地推開了太淵。

被推開的太淵有一絲茫然，許久才深深吸了口氣，探尋似地看著熾翼：「熾翼，你是不是有話對我說？」

「你呢？」熾翼跨坐到他的身上，托起他的臉，「太淵，你沒有話要對我說嗎？」

不等太淵回答，他就吻上了太淵的唇，將太淵就要出口的話堵了回去。

「太淵，不要說了……」一次又一次的抵死纏綿之中，他在太淵耳邊一再呢喃，「什麼都不說，什麼都不想，我們只要快快樂樂的……直到……」

10

來報紅綃失蹤的時候，太淵愣了一下，幾乎是下意識看向了對面的熾翼。

熾翼指間夾著一枚棋子，正專心思考著棋局。太淵見狀揮了揮手，示意來人退下。

熾翼終於有了決定，將手裡的黑子放到局中。

太淵不動聲色地拈子落棋，兩人你來我往，很快就接近終局。

「熾翼。」太淵撚著白子，看似漫不經心地問道，「你知不知道紅綃去了哪裡？」

「我把她藏起來了。」熾翼手中黑子輕輕敲擊著棋盤，發出清脆的聲響，「和你待在一起這麼多年，總覺得有些厭了，我早想換個人試試。看來看去，只有紅綃勉強有這個資格，雖然我不是多喜歡她，不過試試看也沒什麼所謂。」

太淵沒料想他會說出這種話來，一時之間驚愕至極，以致忘了如何反應，只是呆呆地望著他。

「輪到你了。」熾翼目光沉靜如水，「太淵，下一步你要怎麼走？」

「難道你……」

「可是你看好了，不論走哪一步，你都贏不了我了。」熾翼撐著下頷，嘴角漾起笑容，「你知不知道，為什麼會輸給我？」

「因為我信了你。」

「被人欺騙確實不好受，不過你之所以會輸，還是性格使然。」熾翼點了點棋盤，「你看，你最愛設局誘敵，慢慢將對手鯨吞蠶食。這本是高明之至的手法，可你設局太深，反而被自己一手製造的假象欺騙。你以為無一事能逃出計算，卻忘記了，這世上不只你一人會設惑敵之局。太淵，這一局你已經輸了。」

「好，說得真好！好一個當局者迷！」太淵看了棋盤許久，「不過你少說了一點，那就是我的對手比我更加高明，在這麼久的時間裡能夠隱忍不發，直到羽翼豐滿倒戈一擊……有這樣的對手，我又怎能不敗？」

「太淵，不需要轉彎抹角。如果你想問我，大可直接問。」

「好。」太淵點點頭，「能不能告訴我，你帶走紅綃要做什麼？」

熾翼站了起來，背對著太淵。

「太淵，要是我告訴你，我準備殺了紅綃，你會怎麼做？」

「別開玩笑。」太淵攏了攏眉，「你若真是想殺她，又何必將她帶走。」

「究竟為什麼？」熾翼看著面前雕著龍鳳呈祥的燭臺，「我一直不明白，為什麼我明明在你身邊，你明明對我百般眷戀，為什麼到現在還對她念念不忘？」

「不是那樣。」太淵低下頭，嘆了口氣，「紅綃她……無論現在怎樣，也不管將來如何，只說當初她冒險闖入天雷坪，救我於萬雷之中，我就永遠也不會忘記。」

「好了太淵，不必用她來試探我的心意。」熾翼突然轉過頭來對著他溫柔一笑，「我知道你從來沒有愛過她，你心裡愛著的只有我一個，就算你再怎麼裝成愛她的樣子，我也知道那是假的。所以，不要再說你愛她之類的謊話了，好嗎？」

「我……」

「就算我知道那是假的，可是你再說的話，我當真要生氣了。」熾翼打斷了他，「我一氣之下，說不定再也不理你，到時候你可別哭著求我。」

太淵一愣，很快跟著笑了出來。

「好，我們不說紅綃。」他走到熾翼身旁，想去拉熾翼的手，「都是我不好，好端端下著棋，偏去提那種無關緊要的事情。就當我什麼都沒說，我們繼續下棋好嗎？」

他拖著熾翼坐下，然後開始整理棋盤。

熾翼看著他許久，輕聲說了一句：「太淵，我要走了。」

「不想下棋了？」太淵笑著回答：「也好，我們做些別的……」

「我要離開這裡。」

太淵的動作只停了片刻，就繼續收拾棋子：「不如我們去地上走走？如今人世繁華，你一定會覺得有趣。」

「千水之城又濕又冷，本來就不適合我，住了這麼多年，對這個地方和這個地方的人，我都厭倦了。」熾翼淡淡地說，「不論你答不答應，我意已決。」

太淵把最後一枚棋子放進匣中，合上蓋子，擺正棋盤。

「熾翼，別和我賭氣。」他輕輕揮去並不存在的灰塵，用一貫溫和的表情和語氣說道：「我們在一起這麼久了，又一直過得很快樂，你怎麼可能忍心離開我？」

熾翼淺淺一笑，「太淵，你知道的，這一天遲早會來。」

「我不知道！什麼這一天？什麼終究會來？」太淵拿起了手旁的摺扇，下意識地打開合上，「你今天說要離開，只代表這些年裡，那些你所謂的愛慕情意，不過就是欺瞞利用我的謊言。」

熾翼望著他。

「難道我說的不對？」太淵緊緊握住了手中扇子，「如果不是這個原因，如果你是真的愛我，怎麼可能想要離開我？」

「我並不期望你明白……」熾翼沉默片刻，「若是你說不愛，那就當作不愛吧。」

「好！這可是你親口承認！」太淵自己都沒有發現，他的手正在微微發顫。

熾翼起身經過他的身旁，往門外走去。

太淵僵直坐於椅上，當紅色的衣衫擦過他手背之時，他下意識地用力，手中摺扇咯的一聲斷裂開來。

「熾翼。」太淵乾澀的聲音在房中迴盪，「今日你只要踏出于飛宮一步，你我多年情分就此一筆勾銷。」

熾翼已經走到門外，正回頭看著門楣之上高懸的匾額。

「于飛于飛，鳳凰于飛……太淵，你可曾想過，這個名字對你我實在是莫大的諷刺。」熾翼神情有些木然，「你可以粉飾太平，我也能裝作懵懂，可我始終是鳳，而你永遠不可能成凰。」

太淵冷笑了一聲。

其實熾翼的神情不只木然，還有些失落，有些沮喪，有些不捨。

可惜，這些，太淵都沒有看見。

他看不見，因為他依然坐在那裡，他用力挺直著背，坐在那張背對著門的椅上。

熾翼沒有多等，一步步走出了這座困他千年的宮城。

在茫茫海上凝作水霧成就雲雨的，似乎是千萬年無法排遣的孤寂，像是永遠都不可能消散那般地濃烈。

那天也是一樣，東海雲霧繚繞，水汽蒸騰，悄無聲息，一如往常。

「熾翼就這麼走出來了？」他皺眉，手中動作停了下來，「沒有人阻攔，也沒有人跟著？」

「是，屬下的人一直守著，至今未曾見千水有任何動靜。」回話的人垂手站在一旁，「大人，您看是不是時候……」

「不，現在還不是時候。」他勾唇淺笑，繼續用布擦拭手中泛著青芒的玉劍，「太淵如此輕易放他離開，必有其用意，若是我貿然衝過去，指不定就是個要命的陷阱。」

「那我們就這樣等著？」

「等著。」他輕輕叩擊劍身，悠長的聲音迴盪在空曠的宮殿之中，「我記得太淵說過，復仇這種事，用的時間越久越好。當你被仇恨煎熬越久，你就越是不能急切，要慢慢地、慢慢地把當初所受的痛苦，千百倍地還給你的仇人。」

他說這番話的時候，嘴角還有笑容，站在他身旁的人，卻忍不住後退了一步。

「他說這些話的時候，笑得比我輕鬆許多，就像是隨口說笑那樣自然愉快。可我當時也就像你這樣，渾身上下都不舒服。」他輕聲地嘆了口氣，「所以不到萬不得已，我也不願與他為敵。」

「屬下以為，既然他放任赤皇自行離開千水，也不排除想藉助外力的意思在內……」

「那些慘痛的例子告訴我，只要涉及太淵，再簡單的事情都會藏著最複雜的計謀。」他將手中變為飾物大小的玉劍簪回髮間，「此前我三番兩次試探，他的態度也不曾有絲毫鬆動，似乎有裝糊塗到底的打算。可時隔不久，熾翼竟然堂而皇之地走出千水，這事情本身就已經不合情理。」

「難道他真的敢加害大人？」

「太淵那傢伙，哪有什麼不敢？何況他的記性一向很好，一定會永遠記著我當年想要殺他的事情。」暗綠色的眸中閃過一絲狡黠，「雖然我不清楚他到底有什麼打算，不過這也許是個再不會有的好機會，所以，還是值得冒一點風險……」

太淵腳下是千水之城的城牆，他站在熾翼平時最愛站著的位置上，已經整整七日了。

水汽浸透了他的衣衫，沾濕了他的頭髮，他的背影看起來蕭瑟而孤獨，就像是被整個天地背棄的模樣。

太淵因為赤皇大人的離去而飽嘗痛苦……就算知道這只是自己一廂情願的想像，依妍心裡還是覺得不忍。

她遠遠停下，整理好了情緒，才輕聲地喊了一句：「七皇子。」

「依妍？」太淵轉頭過來，不免有些意外，「妳不是……算了，我剛好想找個人說說話，妳回來得正是時候。」

「七皇子想說什麼？」

「妳知道嗎？我剛才想來想去，竟然想不出有誰能陪我說說話。」太淵笑了一笑，雖和往日並沒有太大不同，但多少流露出了一絲落寞，「所以我說，妳回來得正好。這城裡有再多的人，也找不出第二個像妳這樣可以說話的人了。」

「依妍惶恐。」

「惶恐……好像每個人對著我都會覺得惶恐。」太淵轉過身，迎著海風嵐霧深深地吸了口氣，「聽妳喊我七皇子，我忽然就想起了以前的那些時光。」

多久以前？在天空未曾塌陷，地面未曾傾斜之前嗎？那些時光，又有什麼值得讓一手毀去所有的太淵，在這裡喟嘆懷念？

「以前這座城裡，有幾個人看得起七皇子太淵？若不是那場聯姻，我早就像其他皇子一樣，被丟到邊遠之地自生自滅。」太淵笑了一聲，「我為什麼要受到那樣的對待？因為我不是純血皇子，所以就處處低人一等嗎？」

「既是如此，七皇子今日更應意氣風發才對。」依妍問他，「為何我看七皇子，卻不是多麼高興的樣子？」

「是嗎？」太淵摸了摸自己的臉，「我想要的幾乎都有了，怎麼還會不高興呢？」

「恕依妍斗膽再問一句，明明已是今非昔比，七皇子為什麼還任赤皇予取予求，由他擺布呢？」

「妳是這麼看的？」太淵轉過身，「在別人看來，我竟是由著他予取予求，由著他擺布的嗎？」

「我的意思是……」

「我想我明白了。」太淵若有所思地點頭，「我對他太放任了，所以他才以為能像過去一樣，高興了就哄哄騙騙，厭倦了就拂袖而去。」

「七皇子。」依妍略略抬高了聲音。

太淵愣了一下。

「七皇子有沒有想過，您為什麼會放任赤皇大人如此對待？」

「是啊！我為了什麼……」這個問題似乎難住了太淵，他想了一想，然後問道：「那麼依妍，妳是為了什麼背叛水族？」

「沒有背叛一說，依妍本是烈山氏族人，因吞食水玉才呈水族形貌。」

「如果是這樣，倒也說得過去。」太淵點了點頭，「火族沒落凋零至此，難為妳對他還是忠心耿耿。」

「赤皇大人於我有恩。」

「什麼樣的恩惠？」太淵嗤笑一聲，「不會是他說他愛上妳，妳就把那種謊話當成恩惠了吧！」

「依妍配不上赤皇大人。」依妍頓了頓，接著說道：「但是我現在終於知道，七皇子您更配不上他。」

太淵瞳孔一陣收縮，目光凌厲得駭人，依妍卻沒有像往常那樣低頭迴避。

「在剛才之前，我還不是這樣想的。」依妍的臉上寫著失望，「我終於知道，為什麼大人要對我說那樣的話了。」

「哦？他和妳說了什麼？」

依妍沒有回答，面上的表情有些灰敗，許久才又問了一句：「七皇子，您可知道赤皇大人現下的境況？」

「怎麼？剛才還對他忠心耿耿，現在卻準備向我告密了？還是熾翼遇到了麻煩……就算是，他也絕不可能屈尊向我求救。我看是妳背著他自作主張，希望我出手相助吧！」太淵哼了一聲，「只可惜他踏出千水之城那一刻起，我和他之間再也沒有任何關係，不論青鱗或者其他人想找他的麻煩，我都沒有理由插手。」

「七皇子，依妍今日打擾，還請您不要見怪。」依妍彎腰行禮，接著轉身就走。

太淵覺得奇怪。

在他的預計裡，依妍應是繼續請求或者說些什麼，但是她卻如此揚長而去，實在不合情理。

轉念一想，這也不是沒有可能，依妍自小看著他長大，多多少少清楚他的性格，料是故意如此。

剛想到這裡，果不其然見到依妍回頭。

但是出乎意料，依妍沒有折返，只是深深地看了他一眼。

依妍離去後，太淵想了又想，終究是傳喚了人來。

「他在雲夢山？怪不得我找不到紅綃的蹤跡。」意想不到的答案讓他多疑的心霎時活絡起來，「他去那裡做什麼？」

若是想要重振火族，熾翼為什麼不回棲梧城也不去從極淵，偏偏到了隔絕諸神法力的雲夢山？

隔絕法力……一切諸神之力也無用處……

熾翼為什麼帶走紅綃？熾翼為什麼要去雲夢山？熾翼到底是什麼用意？

熾翼熾翼熾翼熾翼……

「夠了！」太淵冷靜地告訴自己，「這是一個機會，一個很好的機會，一個再不會有的機會……」

「為什麼？」熾翼說，「因為我還要給他一個機會。」

熾翼坐在崖邊，雙腳垂在崖外，金色的帝服隨風招展。

「什麼機會不機會，我看你是瘋了。」紅綃坐在離崖邊稍遠的另一頭，面上毫無譏諷，而是異常平和地說。

「紅綃，我告訴妳一個祕密。」熾翼莞爾一笑，「不過妳要答應我，聽了以後不會告訴別人。」

紅綃不答，眼中閃過戒備。

「妳不是一直好奇，我為什麼會那麼維護翔離？」

紅綃謹慎地答道：「你說過……翔離無辜可憐……」

「不是那樣。」熾翼低頭看向腳下暗沉的水面，「我之所以對翔離百般維護，是因為我感到愧疚。因為我違背了對妳母親，靈翹公主許下的諾言。」

一樣是海，這裡和東海的差異竟然如此之大。不論怎樣的狂風，也掀不起一絲漣漪的煩惱海，就像是將所有一切沉溺埋葬的墓地。

雖然，它本來也就是一處墓地。

「母親……」這個陌生的詞語讓紅綃十分意外。

「你們的母親靈翹公主，是北忽帝君最小的女兒，她嫁給父皇不過百年就因為生產而死。」久望著波瀾不興的水面，熾翼目光空洞，「她去世前，親手將你們兩個交付給我，讓我一定要好生照料。」

靈翹公主……多少年沒有提起過的名字，念來這麼地陌生而遙遠。

雖然他還能勉強想起，那是一位多麼美麗溫柔的公主，但是那種怦然心動的少年情懷，早已遙不可及。

「我終究辜負了她的期望。」長髮纏繞在熾翼頸邊肩頭，就像一張綿密的黑網，將他覆蓋其中，「她信任我，才把用性命換來的孩子交付給我，可是她不知道，她這樣做有多麼愚蠢。紅綃，妳知道嗎？那個當初害得妳被流放西蠻，害得翔離不得不生來夭折的預兆……那個毀天滅地的預兆，其實最初，該是應在我身上。」

——《焚情熾之涅槃》完

番外一　不舍晝夜

太淵醒來的時候，熾翼被他緊緊地摟在懷裡。

他是被驚醒的，因為做了一個荒唐的惡夢。

他夢見火族狂傲美麗的赤皇，溫柔地依偎在別人身邊，非但和那個看不清面目的人纏綿擁吻，訴說情意，甚至許諾永生永世也不分離！

夢裡赤皇那身華美的紅衣，讓他在醒來以後很長的時間裡，眼前都是一片可怕的血紅。直到懷裡的人動了，那種令人顫慄的顏色才從他視野裡消散。

熾翼沒能掙脫出去，依然在他懷裡沉沉睡著。

太淵也很累了，幾乎整夜不曾停歇的歡愛同樣令他精疲力盡，但此時此刻，他再沒有了半分睡意。

雖然天性喜好陰寒濕冷，水族並不都是冷情寡欲。他們絕大多數，都非常享受情欲帶來的快樂。

身為水族皇子，他的身邊從不缺少自薦枕席的美貌男女，本能的欲望也讓他不只一次嘗試與人交歡。但不管如何美麗的對象、怎樣嫻熟的技巧，最多只能稍許勾起他一些身體上的反應。每到他自以為按捺不住時，卻又會毫無理由地厭惡排斥，在最短的時間之內失去了興致。

如此反覆多次沒有結果以後，他對欲望的需求也就漸漸淡了。

他曾經想過原因，覺得可能是自己下意識不願沉迷享樂，或者是因為自己太過執著於紅綃，所以其他人自然變得索然無味。

但成千上萬年過去了，現在的他得到了想要的一切，就連紅綃也開始把目光放到他的身上，到了這樣的時候，他還是從來都沒有想過，是不是應該占有紅綃的身體……

費盡心機、不擇手段才得到的愛人，到能夠徹底占有對方的時候，卻沒有與之共赴雲雨的迫切衝動。就算這樣的反應有些不合情理，他卻始終不曾懷疑，自己對紅綃的情意是否已經隨著時間消失了。

因為他仍然在竭盡所能地疼愛紅綃，呵護紅綃，千依百順地寵著紅綃，不論紅綃提出什麼要求，都沒有過任何猶豫。在看到紅綃的時候，也還是會有那種焦灼的、帶著心痛的感覺。

由此可見，他還是戀著紅綃，只是，非關情欲。

也就是這個原因，讓他察覺了自己對情欲的淡漠，但在數年之前的那一夜……

那夜，他被欲望操縱得無法自拔，只知道不停向熾翼求歡。從日暮黃昏到夜色曚曨，從月過中天到晨曦東現，哪怕全身無力的間歇，也在糾纏著熾翼翻滾廝磨，片刻都不願放手。

放肆地擁抱熾翼，讓熾翼因為自己表露痛苦歡愉……那種難以言喻的感覺，滿滿地充盈胸臆，不知有多少次讓他神智昏亂，幾近癲狂。

哪怕熾翼的臉色越來越蒼白，哪怕知道自己給予的痛苦遠遠超過愉悅，他還是不能克制地貪求著熾翼。似乎永遠無法饜足的欲望，讓他一度以為喝下了藥的那個，不是熾翼而是他自己。

現在回想起來，那簡直就像……

「嗯……」

細微的呻吟聲讓太淵猛地回過了神，看到自己半摟半困在懷裡的熾翼，因不適而擰起了眉，連忙下意識地配合著調整姿勢，好讓他睡得更加安穩一些。

用指尖撫開糾結的眉宇，他耳邊盡是昨夜熾翼那句嘆息似的「不知節制」。

很久以前，當誅神陣剛剛完成的時候，當時還算盟友的青鱗曾向自己提出這樣的問題。

「太淵，如果不是為了天地共主的地位，你做這一切的目的又是什麼？」

那時自己的回答是什麼？

「天地共主之位非比尋常，我這種虛偽殘忍的性子怎堪匹配？統領天地生靈那樣意義崇高又繁瑣勞神的大事，就讓那些正直無我、喜歡自尋煩惱的人去吧！我只是要讓那些沒有把我放在眼裡的人看清楚，讓他們明白，但凡我太淵想要的就可以得到，我太淵想做的

「絕對能做到！只要是我願意，就能夠站得比誰都高……只是這樣，就已經足夠了！」

自己那時說的句句都是實話，不過青鱗素來多疑，本以為他未必會信，沒想到當時他聽完若有所思，還狀似恍然地點頭。

「惟有天塌地陷才會為之動容，想來也只有……哎呀！太淵，你倒真是不易！」

不知做了什麼奇怪的聯想，青鱗邊說還邊笑，看上去可惡至極。

當時那廝一臉看穿了什麼的曖昧表情，讓自己差點克制不住，不計後果地當場出手。

真是可恨！

若不是當時顧慮太多，決定等到誅神一役後再下手，而是猝然發難的話，就算不能一擊而中，至少也會讓他多安生些日子。

看他昨日那胸有成竹的樣子，只怕會有變故……

「在想什麼？」

他低下頭，在水光瀲灩的眼眸中找到了自己的身影。

「熾翼，你……不！沒什麼！」太淵蜷起身子，用力抱緊熾翼，把臉埋在了他滑順美麗的髮間。

熾翼被攬得發痛，卻沒有試圖掙開或著抱怨，只是轉過頭，任由他從背後緊貼著自己。

「不會有事的……」

「嗯？」低沉慵懶的聲音微微上揚。

太淵終究沒有再說，熾翼也沒有追問，兩個人就這麼靠在一起。

絲絲縷縷的陽光穿透龍紋格窗投射到寬闊的床上，輕盈的白紗床帳被微風撩動，交疊搖曳輕舞，黃金鼎爐中燃著安神的香木，散成輕煙迴旋繚繞。

「昨日的訪客令你憂心了？」熾翼的聲音輕柔舒緩。

「也說不上憂心。」

縱然青鱗今日勢力不容輕視，自己難道還會怕了他不成？只不過，還是謹慎些吧！

「我只是……熾翼，你不覺得悶嗎？想不想去散散心？」

「散心？」熾翼側過身，疑惑地看著他，「怎麼突然提到這個？」

「我最近有些瑣事要處理，不能時時陪著你，怕你一個人無聊。」他目光閃動，避開了熾翼探詢的視線，「你不是嫌城裡太沉悶？不如趁這個時候出去換換心情。」

熾翼離開了他的懷抱，拉過一旁的衣服披到身上。

看他不理會自己，逕自繞過屏風走了，太淵忍不住皺起眉，胡亂抓件外袍套上就匆匆跟了過去。

踏出大門的時候，眼前已經空無一人，找不見那抹紅色的身影，只剩靜謐空曠的宮宇庭廊。

太淵站在那裡，仰頭向高聳的回簷外看去。

這一天的千水之城，竟罕見地沒有被霧靄籠罩，天空澄澈碧藍，陽光明媚璀璨，庭園草木葳蕤，眼前一切就好像……就像是……

他抬高衣袖，遮擋住刺眼的陽光，正巧有風輕搖花樹，紛揚碎花疏驟飄零，在廊下仰首舉袖的他當面遇上了這陣花雨。

花盡香殘，拂了一身還滿……

太淵從來不是多愁善感的人，但前夜異常鮮明的夢境，讓他慣於深藏的情緒浮到了喉頭舌尖，這一刻還沒來得及嚥回。眼見美麗卻不免悲涼的景色，突然間有種莫名的不安，心緒起伏得厲害。

明知不安因何而來，卻想不出任何方式排解，這在他來說，是從未有過的情況。

不，也不是從未有過。從頭想來，似乎每次患得患失，每次方寸大亂，都和那個人脫不了關係。好像是命裡的剋星，一旦遇上了，事情怎樣地脫離掌握都不會奇怪。

他用手指拈了些花瓣，在唇鼻之前輕輕揉撚，試圖讓自己放鬆下來。不意望見自己青色衣袖之上，附著了一片紅豔碎花，鮮明豔麗得叫人止不住心悸。

他慌忙垂下衣袖，不自覺地再一次舉目四望，惶惶一陣過後，才想到那人總慣了晨起沐浴。而之所以四下無人，是因為自己下了命令，不許任何人擅自走進這處內殿。

他閉上眼睛吁了口氣，沿著迴廊向後殿的溫泉池走去。

自從那一夜之後，他食髓知味、寢食難忘，終究忍不住尋找藉口親近熾翼。誰想熾翼非但沒有拒絕，反而多所縱容，三番兩次下來，索性心照不宣地同居一室。算起來到今日，剛好是一年零七個月又五天。

不過一年零七個月又五天，可怎麼會感覺，像是已經過去了一段很長很長的時光？

站在後殿門前，太淵看著散落在地的紅色外衫，眼中閃過一絲自己也沒有覺察的苦澀。

他彎腰拾起紅色鮫綃的衣衫，拿在手裡，跨過門檻走進水霧迷濛的後殿。

他喜歡水溫稍低的冷泉，熾翼卻對溫泉池水情有獨鍾，最後就換引了溫泉水過來。偌大宮殿裡安靜無聲，滿是溫泉蒸出的熱氣，陽光從四面八方的天窗鑽了進來，與水霧交織在一處，映得一切若有似無，恍若迷離夢境。

白玉砌成的浴池中，熾翼閉眼靠在池壁上，嘴角擒著一抹淡笑，享受這池白色的泉水。

太淵在心裡嘆了口氣，生怕打擾到他，脫下鞋子赤腳跨上臺階，把衣服放在他的身旁。準備離開時，看到他髮間纏了幾片花瓣，於是半跪到池邊，伸手過去想要幫他拾起。

「太淵。」熾翼突然睜開眼睛，輕聲喊了他的名字。

對上那在水光閃爍間越發溫潤的眼眸，太淵的胸口微微一窒。

真是奇怪！世間最熾烈的火焰化身而成的他，怎麼會有這如水一般的眼神？

原本伸向髮間的手，不知不覺湊近了臉頰，一一拭去滑落的水珠。

「我早知道會有這麼一天。」他握住太淵的手指，淡淡一笑，「只不過，沒想到會來得這麼快……我們這樣的關係，終究是不對的。」

「什麼叫我們的關係不對？那是什麼意思？」太淵反手抓緊他的手腕，「是不是有人對你說了什麼？」

「何須別人來說，我難道感覺不到？你夜夜與我翻雲覆雨，看似迷戀上了我，其實不過是中意我的容貌與身體。」熾翼自嘲地說，「再怎麼值得留戀的美麗外表，一旦享用十年百年，也總有一天會感到厭倦。我只是沒想到，這一天來得這麼快。」

太淵嘴唇連動，心裡想著要駁斥他，但最後不知怎麼只擠出了一句：「不是的……」

他甩開太淵的手往後退開，在水中漂浮纏繞的長髮驟沉離散，隨之遠去。厚重水汽似屏障般阻隔了表情，只是聽到他喃喃地說著：「你記得，是你讓我走的……」

太淵愣愣地問：「你要去哪裡？」

熾翼的笑聲傳了過來，身影漸漸模糊，突然在水霧中不見了蹤影。太淵驀地一驚，連忙站起身來，揚手驅散了霧氣。

水汽盡散，不只殿內無人，連門外迴廊也是靜悄悄一片，不見絲毫人跡。

「熾翼！」他一步跨出，卻忘了自己站在池邊，整個人直直掉進了水裡。

水池極深，太淵一下子就沒了頂，加上池水都是白色，他落水之初沒有反應過來，只覺眼前一片混沌，周圍熱得發燙，像是置身在白色火海。

他剛張開嘴，那些火焰就湧入嘴裡，進到了他的體內，燒灼著……

這個時候，他隱約聽到了笑聲，然後有絲絲縷縷擦過臉頰，柔軟的嘴唇貼了上來，熟悉的氣息源源不絕傳到了嘴中。

太淵的手摟了過去，主動加深了這個吻。

直到浮上水面，兩人仍在不停吻著，他把手伸向熾翼身後，被熾翼推到了一邊。

「一整晚還不夠嗎？」熾翼微微喘息，瞪了他一眼，「你倒是不放過任何機會。」

他喘得比熾翼厲害，話都說不連貫：「你……你剛才……」

「黯然離去？你倒是想！」熾翼揚起眉毛，笑得狂妄驕橫，「若有一日我主動離開，那只會是我膩了。」

太淵靠著池壁，閉上眼睛理順呼吸。

「要是你敢先厭倦我……」熾翼靠了過來，笑得越發燦爛，「那我也會走，不過在走之前，我要把你最喜歡的東西撕個粉碎！我會讓你知道，招惹我是你犯下的最愚蠢的錯誤！」

太淵渾身一震，熾翼輕笑出聲，順勢吻了過去。

池中一雙人影交疊，拚了命地和對方融到一處，溫熱水汽升騰瀰漫，迅速地再次曚曨了一切。

殿外有風吹過。

滿樹繁花灼灼盛開，清風想要親近，卻不意撞下枝頭數瓣……如此往復糾纏，直到落了滿地碎紅。

誰怨誰無心？誰恨誰錯愛？

這世間的愛恨對錯，又有誰能看得分明？

惟有逝者如斯，不舍晝夜。

——番外一〈不舍晝夜〉完

番外二　藏器以待時・下

「無名，你嘗嘗這個。」熾翼在白湯裡燙了一片魚肉，夾給優缽羅，「魚的話，吃辣的就沒有鮮味了。」

「好。」優缽羅把碗湊了過去。

「魚肯定要辣才好吃，不然有什麼味道？」

熾翼和優缽羅轉頭看過去，孤虹把紅湯裡的魚肉夾到小碗裡，然後走到他們中間，把碗放到了優缽羅面前。

「都吃，各有滋味嘛！」熾翼和孤虹都在看著，讓優缽羅不知道該先吃哪個碗裡的，「你們兩個……」

「你們鬧什麼？」寒華冷冷地說道：「坐好吃飯，莫要生事。」

熾翼和孤虹把目光放到了他身上。

「哈！」

「呵！」

不約而同發出了這樣的聲音。

寒華目光一凝。以一個稚兒來說，他的目光實在過分冷厲。

熾翼和孤虹把臉轉向別的地方，各自壓著嗓子發出了奇怪的聲響。

寒華放在桌上的手，周圍開始出現白色凝霜。

「寒華。」優缽羅連忙把那隻冰涼的小手抓進了自己手心，「他們向來玩鬧慣了，你別跟他們生氣。」

他湊近了寒華耳邊說道：「你這樣子，我挺歡喜的，你也見過我兒時的模樣，這不是很好？」

寒華的面色這才緩和下來，他點點頭，反手抓住了優缽羅……抓不住手掌只能握住手指。

旁邊轉過來的兩個人覺得更加有趣了。

「哈哈哈哈哈！寒華，我不是故意要笑你。」熾翼一邊笑一邊說：「西天帝和太淵就算了，我和你認識這麼多年，你這樣子我實在是忍不住想笑，哈哈哈哈哈！」

「的確如此，叔父這等不怒自威之人，如今這樣子……」孤虹倒是忍住了笑，他清了下喉嚨，一臉正經地說：「令人錯愕。」

「明珠，他們從前皆是情人嗎？」對面圍觀的帝灝咬著海蜇，興致很好地問：「狐狸和小鳥還有小泥鰍都喜歡那個花兒，然後花兒跟了狐狸，小鳥和小泥鰍懷恨在心，如今可是那個『情敵相見，分外眼紅』？」

「並不……應該不是吧！」奇練也不是很肯定地回答。

寒華冷哼一聲，一揮手，兩道寒氣同時放了出去。

熾翼和孤虹一驚，連忙側身閃避。

沒想到的是，那兩道寒氣並非衝著他們來，而是越過他們，打到了眼巴巴看著的太淵以及青鱗身上。

太淵還來不及發出聲音，就被一層厚厚的冰凍結住了，而青鱗那邊連魚帶球凍成了一個冰塊。

「若敢再多說半個字，便和他們一樣下場。」寒華冷哼一聲。

「寒華，你想打架？」熾翼第一個跳了起來。

孤虹不聲不響，捲起了袖子。

「熾翼，孤虹，坐下吃飯。」優缽羅按了按額頭：「寒華，把法術解了。」

寒華堅決搖頭，他坐在兒童椅裡，面色明顯比剛才白了幾分。

優缽羅嚇了一跳，急忙把他抱進懷裡。

「怎麼隨意動用法力？」他摸了摸寒華的臉頰，又抬頭看向熾翼：「讓我來……」

「不用。」熾翼手一揚，一團火焰罩在了太淵身上。

不過片刻，堅冰融解，他收回了火焰。太淵渾身濕透，打了個好大的噴嚏。

「熾翼。」他仰著頭，濕答答地看起來可憐極了。

熾翼嘖了一聲，伸手放在他頭上，一眨眼就把他烘乾了。

「謝謝你。」太淵臉頰泛紅，身上的衣衫毛茸茸的，踮起腳尖抱他腰的動作顯得乖巧又可愛，「叔父傷得挺重，就別和他計較了，我們先吃東西吧！」

熾翼惱火的神情這才略微消退了一些。

孤虹回到位置上，看著眼前的冰塊，伸手拿了起來。青鱗渾身皆被凍住，只剩一雙眼睛還能轉動，此刻正直直地盯著他。

「我不懂火系法術。」孤虹解釋了一句，接著隨手一拋，把冰塊連青鱗丟進了白鍋裡。

火鍋冒出了一串泡泡，然後那一大顆包裹著青鱗的冰塊浮在了水面上。

「要吃了他嗎？」帝灝問：「我不喜歡吃青鱗，不過北忽很喜歡吃，可能因為他是鳥兒，鳥兒都喜歡吃魚。」

「不是的，帝君。」奇練傷腦筋地說：「我們不打算吃北鎮師。」

熾翼靠在椅背上，環抱起雙手看著那鍋完全毀了的白湯。

太淵小心翼翼地說：「等會我讓人換一鍋湯。」

「不急。」熾翼居然笑了，「這樣的情景可不常見，我得好好欣賞一會。」

白鍋裡的湯汁煮沸了，各種火鍋料和一大塊冰在裡頭翻來翻去。

孤虹從紅湯裡夾東西吃，順手夾給一旁的優缽羅。

大家相顧無言的時候，帝灝一手撐在桌面上，一手拿勺子往白鍋裡舀去。

奇練被他嚇了一個激靈，連忙抓住他的手。

「帝君您這是做什麼？」不是說不吃嗎？

「不吃肉也可以喝點湯啊！」帝灝一臉認真地說：「明珠你也嘗嘗，青鱗乃是世間至鮮之物，最後一條了！」

「不，我們不吃。」奇練把他的手拉回來：「那裡頭是北鎮師，並不是尋常魚類，我們也沒準備將他煮湯，只是……解凍而已。」

「真的不吃？」

奇練對他搖搖頭，帝灝有點不開心，只能去舀海蜇吃。

玻璃球和冰一起裂開了，重獲自由的青鱗跳了起來。

雖然他不懼熱水，但是對於在湯鍋裡這件事並不覺得有多開心。眼看著他蹦躂了一下，又要落進湯鍋，有人眼明手快用漏勺在半空接住了他。

孤虹收回手，連漏勺帶青鱗放到了自己面前的桌上，青鱗張著嘴瞪大了眼睛看著他。

「我不讓你變成人形是為什麼，你自己心裡清楚。」孤虹端起酒杯喝了一口：「不要這樣看著我。」

青鱗跟洩了氣一樣，整隻魚癱在漏勺裡。

「我去喊人換鍋。」太淵跑了出去。

沒過多久，服務員端著新的鍋子進來換好了，還有一盤加點的涼拌海蜇，但是大家都沒有了吃東西的欲望。

當然，除了帝灝和蒼淚。

「蒼淚他吃那麼多沒事嗎？」優缽羅有點擔心，輕聲問身邊的熾翼。

「沒事，撐不壞。」

熾翼露出嘲諷的笑容。

寒華對此視而不見，舒舒服服地窩在優缽羅懷裡。

那隻狐狸則躡手躡腳地在桌上前行，湊在熾翼的酒杯旁邊舔了一口杯緣，左右看看沒有人驅趕自己之後，把整顆頭伸進了酒杯裡。

「好了蒼淚，讓東溟出來，我們該說正事了。」孤虹丟了一顆花生到蒼淚頭上。

蒼淚依依不捨地放下筷子，重新拿起手機。

所有人看著手機的時候，太淵伸手從熾翼的酒杯裡拎起了那隻喝得歡快的狐狸。狐狸和他四目相對了一會，然後伸直四肢歪過頭，假裝自己死了。

「叔父，小孩子還是要看好，不然容易闖禍。」太淵把狐狸放回寒華和優缽羅面前的桌上。

「東溟？」蒼淚對著手機說：「你還在嗎？」

對面沒有回應。

「快點，我知道你在，不然怎麼接通視訊的？」蒼淚嘆了口氣：「現在我們需要的是坦誠溝通，而不是相互嘲諷，或者是忍受什麼人的怪脾氣。」

「你先讓帝灝那個傢伙不要說話。」東溟的聲音傳了過來，「他一說話我就氣得胸口痛，只要他開口我就關機！」

「我怎麼了？」還在嚼海蜇的帝灝露出了茫然的表情，「帝溟那傢伙在說什麼？」

「沒什麼。」奇練對他說：「帝溟的意思是，直到今天的聚會結束，他想跟你比賽誰忍住不說話，先說話的人就輸了。」

帝灝看著那個被面具占滿的螢幕，然後轉頭看著奇練。

接著他抬起手捂住嘴巴，眼中充滿了堅定。

螢幕裡同樣毫無聲息。

「果然還是這樣。」孤虹端起酒杯，湊過去對身邊的優缽羅輕聲說：「我小的時候，他靠這一招耍過我很多次，雖然每次都是我贏，但結果我才是那個傻子。還有其他很多事情……很多人因為他看起來好說話，就隨他擺布了。我早就看穿了，不過還是有人吃這一套。」

「那當年千水城破，他傷重之時，是靠什麼伎倆打動你，讓你救他一命？」熾翼也湊了過來，「我看你還是挺聽哥哥的話嘛。」

「走開。」寒華瞪著他們兩個。

「好了諸位，難得如此彙聚一處，還是談論正事要緊。」任他們鬧下去，只怕到明日也不會談完，優缽羅只能出來制止。

「此次之後，我們元氣大傷，重新布陣至少需要再過百年。」奇練有些憂慮：「但是百年後靈氣是否能夠支撐陣式也不得而知，何況我們遺失了靡常令……」

「白昭和墨錦那兩個傢伙，到最後還是把我們都騙了。」孤虹哼了一聲，「我早跟你們說過，他們靠不住。」

「我們必須靠他們才能制住靡常令。」對面的奇練嘆了口氣：「而且我想不明白的是，為什麼他們要這麼做？」

「八成是白昭出的主意，墨錦那個酒鬼沒這種腦子。」孤虹面露不滿：「當初要找他們的時候，我就提醒過，白昭心思深沉，不可不防。」

「太淵。」熾翼突然問：「你覺得是怎麼回事？他們為什麼要在陣式中途逆轉靡常令的方位，導致陣式全毀？」

「問我的話……」太淵笑了一笑，看向孤虹，「我看不透四哥，至於五哥，他倒一直是十分閒散的性子。」

「你們這些傢伙一肚子壞水，才會把別人都往壞處想。」熾翼搖了搖頭，「這些年不論鬧得有多厲害，白昭都隱居在震澤不聞不問，也沒表露出野心。何況到如今這也是他唯一的出路，又何必在這個節骨眼上做這種事？」

「其實四哥的心思雖然不好揣度，但我也覺得他不像是臨陣倒戈之人。」太淵立刻改口：「就算四哥想做，五哥肯定也不會答應。他那個人小處糊塗，遇到大事可堅定得很。」

孤虹一臉不同意。

「啊，我想起來了！」熾翼突然露出恍然大悟的表情：「我聽說，當時白昭身邊的侍女，其中有一個正巧是青鱗從前的……」

「太淵！」孤虹一拍桌子，惡狠狠地瞪著一臉無辜的太淵。

他的力氣不小，桌子大幅度震動了一下，被從漏勺裡拍出來的青鱗挪動著魚鰭，似乎試圖拉遠距離避免遭受殃及。

其他人都嚇了一跳，尤其是帝灝，勺子裡的海蜇都被嚇掉了。他頓時大怒，但苦於無法說話，只能用目光譴責無禮的孤虹。

「帝君，來。」奇練立刻把餘下的海蜇都幫他倒進了小碗。

帝灝仰起頭對他露出了滿足的笑容，奇練愣了一下，下意識回了一個微笑。

「大哥，他們在說什麼？」同樣十分好奇的蒼淚輕聲問他，「那天四哥他們是不是出了什麼事情？」

當時他守在自己的位置上無法離開，只遠遠看到孤虹在白昭和墨錦來了之後發了脾氣，不過接著要啟動陣式，他就把這事忘了。

奇練當時站在那裡，應該知道發生了什麼。

「不是什麼大事……那天孤虹見到了青鱗的一位舊識……」奇練語焉不詳。

「啊！」蒼淚反應迅速：「從前的情人嗎？」

奇練轉過頭看著他，為他與平時完全不同的靈敏感到吃驚。同樣看過來的是坐在另一邊的孤虹，目光之中隱藏著的怒氣立刻讓他縮起了脖子。

「這孩子平時遲鈍，一旦遇到這種事情，就特別敏感呢！」對面的熾翼大聲嘆了口氣：「肯定遇過不少這種情形，才經驗豐富吧！」

手機裡傳來了摔碎東西的聲音。

「熾翼。」優缽羅拍了拍他，示意他別再攪局：「大家不要離題了，如今我們沒有了白昭、墨錦，和靡常令，而時間逐漸緊迫，不知該如何才好？」

「靡常令隨著他們二人一同落入彼界，尋回的希望渺茫，而黃泉血海非我等神族可行之途……」奇練面露難色：「從那裡是過不去的。」

「七公子應當另有想法。」優缽羅轉向了太淵，「我當時問及除了破開天羅，可有其他途徑進入彼界，七公子似乎欲言又止。」

所有人看向了踮著腳幫熾翼倒茶的太淵。

「這個嘛……」太淵露出了為難的表情。

「他能有什麼辦法？」熾翼端起茶杯。

「若是有更安全的法子，又何必冒那麼大的風險？」優缽羅微微皺起眉頭：「七公子可是有什麼難處？」

「不是我不願意說，實在是太過凶險。」

「難道比硬闖黃泉血海還要凶險？」

「黃泉血海的凶險可見可測，可要是將他放出來，後果如何，我們誰都不能預料。」熾翼搖了搖頭。「恐怕非但成不了事，還會反受其害。」

「你難道是在說……」孤虹也反應了過來。

手機裡突然傳來了聲音。

「不可行。」

帝灝剛要開口，就被奇練擋住了嘴巴。

「不是東溟帝君。」奇練提醒。

蒼淚把頭探到螢幕前。

「蒼淚大人。」裡頭的侍女頷首行禮，然後朝著其他人說道：「諸位大人。」

「緋瓔？」蒼淚問：「東溟呢？」

「帝君讓我向諸位大人回稟。」她看了旁邊一眼，似乎是在等指示，然後才說：「帝君讓我告訴各位大人，此事不可行。若是貿然將冰夷放出從極淵，只怕局面會即刻失控。」

帝灝揪著奇練衣袖，一臉好奇，又沒辦法開口詢問。

「帝君，冰夷是我二弟，他……事情有些複雜，我晚些再與你說。」奇練哄道。

「靡常令乃是無窮至陰變幻之本，世間神物唯有通陽太明琴可以勉強代替，鬼仙渡海之後，那把琴應該就落在了冰夷手裡。」太淵嘆了口氣：「我也知道找他幫忙實乃下下之策，才一直沒有提及。」

「冰夷的法力居然如此高強？」優鉢羅驚訝地問道：「他的母親是華胥族的話，也只是半龍罷了，為何大家如此忌憚？」

「冰夷少年時於九幽搏殺妖神燭陰，化作原形將燭陰吞噬入體，所以他也算不得半龍，應當說是半龍半妖之體。」孤虹回答：「當年為了把他關進從極淵，整個神族元氣大傷，最後只能請出東溟帝君。即便如此，也著實費了好大一番工夫。」

「論單打獨鬥，這桌上也只有二位天帝能勝得過他。」熾翼撐著下巴接口：「力量倒是其次，主要他精通各種古怪法術，這上頭我吃了他不少的虧。」

說到這裡，他伸腿踢了一下太淵。

「你倒是誰都敢招惹，去見那個怪物做什麼？」

「我只是遠遠地隔著封印說過幾次話。」太淵連忙澄清：「我知曉他精通操偃之術，怎麼敢隨意靠近？萬一被他所制，可不是鬧著玩的。」

「太淵八成是想從他身上得些好處，結果發現要糟，便不敢打他的主意了。」

太淵笑了笑，默認了孤虹的猜測。

「冰夷少年時並非如此，都是因為吞噬燭陰以致性情大變。」奇練嘆了口氣，「何況被獨自關在從極淵多年，他一定對神族怨恨極深，又怎麼會答應幫忙？」

「他被關了這麼多年，真要活得不耐煩早就去尋死了，活到現在就是不想死。不想死只能跟我們合作，你想這麼多幹嘛？」孤虹喝了口酒：「如今天地靈氣散失，從極淵最後那層封鎮遲早也要失效，若是等他自己跑出來，那才是大麻煩，倒不如先制住他，逼他答應。」

「說得簡單。」奇練搖了搖頭：「要靠他支撐陣式，就不能封住他的法力；不封住他的法力，逼迫他就是異想天開。冰夷這人……若是控制得了，當年又何須將他囚禁？」

他說的很有道理，一時間大家都陷入了沉思。

「那個……」太淵欲言又止：「也不是真的沒有辦法……」

大家等他說下去，他又住嘴了。

熾翼皺了皺眉，又抬腳踢他：「我說過多少次了，別在我面前玩這種把戲。」

「你別生氣。」太淵抱著他的腿：「我只是怕我說了，你又要罵我。」

熾翼瞇起眼睛。

「冰夷在從極淵，感知異變比誰都早，不然又怎麼能指點鬼仙一系渡過黃泉血海？」眼見他要生氣，太淵不敢再賣關子：「據我所知，當年逼他說出這個法子的正是泰山府君。」

「泰山府君？玉白仙君嗎？」優缽羅驚訝地接口。

太淵搖了搖頭。

「那就是奉深仙君？」

「不錯，就是那位奉深仙君。」

桌上其他人都聽得雲裡霧裡。

他們都是上古之神，對後來掌管世界的半神只知一二，泰山府君這種在黃泉道管理輪迴的鬼仙，當然就更不清楚了。

「泰山府君共有二人，一名玉白，一名奉深，他們每百年輪值主管地府。我和玉白更熟悉，與奉深只見過幾次。」優缽羅解釋：「我只當他們二人帶著鬼仙渡海而去，怎麼又和冰夷有關係？」

「其中內情非常複雜，我也知道得不太詳細。」太淵嘖了一聲，語調中帶著敬佩：「我聽說奉深仙君偷了冰夷一樣要緊的事物，逼迫冰夷說出了打開血海之途的辦法，之後卻沒有兌現承諾，帶著那樣東西逃到彼界去了。」

凡是瞭解冰夷的人，都露出了驚訝的表情，就連一直沒有出聲的寒華，也忍不住浮現一絲異色。

「偷了冰夷的東西，還順利逃走了？」熾翼摸了摸下巴：「簡直堪稱壯舉。」

「奉深他……不像是那樣的人啊！」優缽羅小聲說：「玉白倒是個心思活絡的人，但奉深為人刻板而且最重誓言，應該不會做出違背承諾的事情。」

「詳細內情，恐怕只有當事人才知道了。」太淵做了個無奈的手勢，「我只知道當初奉深用通陽太明琴與冰夷交換了那樣東西，所以通陽太明琴應該是在冰夷手裡。」

「我雖然聽說過關於這位二皇子的事情，但他到底是怎樣的人？」優缽羅覺得有些好奇。

「性情詭異，十分危險。」寒華說。

「非常難對付的傢伙。」熾翼說：「要是當年他沒有被關進從極淵，局面可能又不一樣了。」

「我們曾經還算親近，我還以為自己很瞭解他。」奇練嘆了口氣：「妖神燭陰改變了他的心性，讓他徹底變成了另一個人。」

「我也聽說那位二皇兄和大皇兄自小親密，他落到如此下場，你心中想必難以平靜。」太淵問他：「據說你之前每年在他生辰，都要去從極淵見他一面？」

「他一直不肯見我，定是恨我極深。」奇練頓時心情低落：「說起來，若不是因為我，他也不會落入九幽……」

帝灝的勺子啪地掉進了碗裡。

「帝君，您怎麼……」

「明珠，你喜歡他嗎？」帝灝從兒童椅撲到了他的懷裡：「他比我好嗎？他哪裡比我好？」

奇練急忙接住了他，正準備開口解釋。

「容貌吧！」

大家都轉頭去看蒼淚。

「東溟說的。我以前問他冰夷怎樣，他就說長得好。」蒼淚嘴裡叼著一塊西瓜，從容地對帝灝說：「他沒有說過你長得好看，大概是論容貌，你及不上冰夷。」

「真的嗎？」帝灝一臉大受打擊的樣子：「明珠，你告訴我，那個冰夷長得比我好看嗎？」

「這沒什麼好比較的，冰夷是我的弟弟。」

「帝君，情人與兄弟之間，真是沒有什麼好比較的。」太淵在旁邊幫腔：「在大皇兄眼裡，自然是他喜歡的人更好看了，您且放心。」

帝灝頓時又開始纏著奇練，非要讓他說自己更好看。

「你在搞什麼？」熾翼又踢太淵，不過就是輕輕一腳。

「我是為大皇兄著急。」太淵正色說道：「他再如此搖擺不定，只怕會生出許多事端，西天帝他可是……」

動不動就要毀天滅地的人物。

後半句太淵沒說出來，熾翼心領神會。

飯桌上雖然眾人言笑晏晏，親若一家，但恩怨糾葛了這麼多年，怎麼可能毫無芥蒂？不過是如今大家有志一同，不提前事，暫且把矛盾隱藏起來罷了。

待到度過危機，未來如何都不好說，而其中最大的變數，恐怕就在奇練和帝灝二人的關係之中。

熾翼提醒：「你小心一些，不要弄巧成拙了。」

太淵連忙點頭。

「就好像太淵說的，喜歡誰就會覺得誰最好看。」帝灝堅持不肯罷休：「你若是更喜歡我，自然會覺得我更好看，所以你應該選我啊！」

面對著總是想法奇異的帝灝，奇練忍不住嘆了口氣，眉宇間露出了一絲倦怠。

「我是沒有見過這位皇兄，但是太淵見過。」孤虹突然發話了，「太淵，你覺得西天帝和冰夷，誰長得更好看呢？」

這擺明是要禍水東引，熾翼轉頭瞪了他一眼。

「要我說……」太淵笑咪咪答道：「熾翼最好看了。」

「答非所問。」孤虹不準備放過他：「這問題只能在二皇兄冰夷和西天帝之間選擇。」

帝灝轉過頭盯著太淵。

「當年只是匆匆一面，又過去了這麼多年，我對二皇兄的印象已經模糊，只記得和六皇兄眉宇之間有幾分相似。」太淵眼珠轉了一圈，誠懇地說道：「說是讓我選，但我一想起二皇兄，便浮現六皇兄你的模樣，這可……不大好選啊！」

「咦？」帝灝看著孤虹，眼睛瞪大了：「是這樣嗎？」

「回稟帝君，千真萬確。」

「太淵，你胡說八道什麼！」

「不信的話，你只要問一問……」

「好了，別鬧。」忍無可忍的奇練拍了一下桌子，把所有人都嚇了一跳。

蒼淚手一滑，啃了一半的西瓜掉在了桌上。

寒華招了招手，把那盤被蒼淚默默吃完大半的西瓜移到自己面前，從裡面挑了一片遞給優鉢羅。

帝灝也被嚇了一跳，僵在了奇練懷裡。

「帝君。」奇練把他放回兒童椅，肅容說道：「我年少時候的性情，與如今不太一樣，既蠻橫又頑劣，直到後來闖了大禍方才徹底改了。我對冰夷始終懷有歉疚，卻從來沒有別的念頭，我這麼說，你能明白嗎？」

帝灝呆呆點頭。

奇練收起怒氣，拿起一旁的紙巾幫他擦掉下巴的醬油漬，對他微微一笑。他笑起來又溫柔又好看，帝灝立刻臉紅了。

「我可能錯了。」太淵小聲對熾翼說：「看這架式，大皇兄可是把西天帝牢牢抓在手心裡頭。」

「帝灝！你輸了！」手機裡傳來了東溟的聲音，然後他開始得意大笑。

帝灝驚呆了，他這才意識到自己一時情急，居然忘了還在和東溟比賽，就開口說了話。

輸了……帝灝呆呆地坐在兒童椅上，一副失魂落魄的樣子。

「帝君……」奇練開口勸解：「其實這也沒什麼，不過就是……」

帝灝眼巴巴地看著他，一臉求安慰的樣子。

「帝灝，快點說你輸了！」東溟不依不饒。

帝灝閉緊嘴巴，抓住奇練的前襟，把腦袋埋進了他的胸前。雖然知道他與「軟弱可欺」四個字毫無關聯，奇練還是有些良心不安。

「雖然帝君先開口說話，但也是因為我的緣故。」他有心安撫，便格外溫柔地說：「帝君將我放於勝負之上，我心裡……挺高興的。」

帝灝在他懷裡悶悶應了一聲。

「沒想到，奇練看來老實，還真是有一手。」另一邊，熾翼輕笑了一聲。

「大皇兄當年在千水，除卻身分高貴，性格也是溫柔體貼，一向喜愛者甚多。」太淵回答道：「不過太溫柔了，反倒顯得無情，也是傷了許多人的心呢！」

「你見好就收吧！」蒼淚敲了敲螢幕：「現在是在問你冰夷的事。」

「你們想知道冰夷的事情，不是該問問青鱗嗎？」東溟不高興地說：「青鱗族當年和冰夷結伴造反，他知道的肯定比我要多。」

大家都看向了孤虹面前的桌子，青鱗一直無聲無息地躺在那裡。孤虹一臉不情願，還是捏著魚鰭將他拎了起來，往旁邊空處丟去。

青鱗於半空中化成人形，穩穩站在了地上。他若無其事地搬了把椅子，到孤虹身邊坐下，還示意蒼淚往旁邊挪了一些。

身上穿了一件墨綠色襯衫的青鱗，看上去十分年輕，卻也是成年的樣貌。

「我還以為你傷得不輕。」坐在他對面的熾翼說道：「原來並不嚴重。」

「怎麼，因我受傷最輕，赤皇便覺得我未盡全力？」看起來不過十八、九歲的青鱗聞言，冷笑了一聲：「我的確不像某些人，慣用博人同情這一招，不痛也要吆喝幾聲，受點小傷便作垂死之狀。」

這話說得太明顯了，熾翼看了身旁的太淵一眼。

「他對我成見太深。」太淵扁了扁嘴。

「你說這些廢話做什麼？人家喜歡肉麻當有趣，和你有什麼關係？」孤虹端著酒杯，斜了青鱗一眼：「讓你說冰夷的事。」

「冰夷……」念完這個名字，青鱗呼出了一口長長的濁氣：「我不知該從何說起。」

「如今桌上這麼多人，有的人覺得可以借用冰夷之力，有的認為風險太大而不同意。」孤虹問道：「你當年與冰夷一同引起百夷之亂，對他知道的總比我們多，你說是能放他還是不該放他？」

「我認識的所有人之中，冰夷最難以常理揣度。同樣是篡位奪權，他和太淵還真不一樣。」青鱗陷入了回憶：「當時水族對於純血沒有那麼看重，共工極為偏愛這個兒子，他卻一心想要殺了自己父親取而代之。我問他和共工可有仇怨，他說：『父親若是有了別的孩子，也許就不會對我這麼好了，不如趁這個時候殺了他，以後才不會傷心難過。』」

「果然。」熾翼露出了嫌棄的表情：「就他用的那些法術……所以我一直覺得他不正常。」

「我當時沒多想，只覺得他性情古怪，結果最後他居然對百夷大軍使用傴術……若不是我有心提防，只怕也要折在他手裡。」青鱗看了身旁的太淵一眼：「太淵深謀遠慮，行事總有邏輯可循，但冰夷做事只憑一時喜惡，完全不顧及後果。」

「多謝誇獎。」太淵笑著說道：「一想到你和水族的淵源居然能追溯到這麼多年之前，我便覺得緣分實在是奇妙非常。」

「他都被關了那麼多年，從前的事情先不說。」孤虹的目光掃過座上眾人：「就像我剛才說的，天地間靈氣散失，從極淵封鎮動搖，他遲早會回到人世。到了那個時候再動手，可能就太晚了。」

「這話……也不是沒有道理。」奇練有些動搖。

「不可。」

「不行。」

同時說出這兩句的，是熾翼與東溟。

「放出冰夷，勢必要解開從極淵的封鎮。從極淵下鎮壓著自上古以來的無數惡靈邪妖，一旦封鎮打開，光是應付那些東西，就得耗費極大氣力。」

熾翼皺著眉頭：「仙界的半神使用各種方法加固了從極淵的封鎮，就算如今靈氣消散，最後那層封鎮一時半會還不會打開。等到五、六百年後，徹底沒了賴以生存的靈氣，從極淵的邪物也就沒什麼威脅了。」

「不論從任何角度來說，我們都不能毀了這個世界。」優缽羅想了一想：「難道沒有其他兩全其美的辦法了嗎？」

「東溟，你不是在擔心這個吧！」蒼淚突然問：「你說不行，肯定不是因為擔心從極淵裡的那些東西，那又是為了什麼？」

「好吧，我就明說了。」東溟的聲音充滿了不情願：「妖神燭陰跨越幽冥兩界，乃是半生半死的異物，所以我當年殺不了冰夷，只能把他關進從極淵。而且我一直不能確定，當年到底是他吞噬了燭陰，還是燭陰把他給吞了。就如你們雖然知道九幽這個地方，但不過就是一知半解，因為身為神族，若不是像冰夷那樣的天賦血脈，你們根本到不了九幽之下。」

東溟說的確是實情，眾人一時間沒了聲音。

「優缽羅尊者你應該很清楚。」東溟話鋒一轉：「當年昆夜羅反出天庭，你為了尋他，不是曾經去過九幽？」

這事桌上多數人都不知道，就連寒華也是。

「你怎麼沒和我提過？」他頗為震驚。

「的確有那麼回事，當時我以為昆夜羅負氣去了九幽，怕他有什麼意外，便跟著走了一趟。」優缽羅嘆了口氣：「可如果你要問我那是個什麼樣的地方，我也說不清楚。」

九幽是變幻之地，每個進去的人所見所遇都不相同。

說到這世界的幾處祕境，最為隱祕神奇的便是卷阿與九幽。卷阿位於人間與仙界中央，九幽就處在黃泉和人世的邊緣；卷阿是一座險峻崢嶸的高山，九幽卻無人說得清它的具體形貌。

「九幽便是如此，真假難辨，變化無窮，冰夷在裡面發生了什麼，除了他自己，根本不可能有人知道。」東溟提醒：「一直以來，你們都認為是冰夷吞噬了燭陰，但若是燭陰藉著冰夷的軀殼來到人世，也完全能說得通。奇練你剛才說冰夷在那之後性情大變，不就證實了這個可能？」

「這麼一說……」

「如果他真的有辦法讓我們渡過血海，我管他是冰夷還是燭陰？」孤虹打斷了奇練：「我不知道他有多麼厲害，但我們一時間也沒有更好的辦法。更何況，就算他懷有惡意，能騙得過我，也瞞不了我們所有人，不是嗎？」

他看著一旁的太淵，意思不言而喻。

「六哥這是誇我機警？」太淵笑著點頭：「多謝。」

「可不是嗎？」孤虹冷哼一聲：「我相信你一定會有辦法，畢竟說到詭計心機，這一桌都領教過你的本事。」

「六哥，你說這種話就不太……」

「他說的也不是沒有道理。」

太淵驚訝地看向居然附和孤虹的熾翼。

「既然不用擔心從極淵底下的那些東西，只是冰夷的話，總有能掣肘他的法子。」熾翼靠在椅子上，撐著下巴若有所思：「他一直被關在從極淵，就算沒被關成傻子，也總會學到教訓。哪怕真要作怪，不是還有二位帝君在嗎？」

「我不會和他動手的。」東溟一口拒絕。

「因為他很好看，你捨不得是嗎？」

螢幕裡頓時沒了動靜。

蒼淚笑了一聲，把手裡的瓜子殼丟進盤子裡。

「我知道了。」他拿毛巾擦了擦手，抬頭對太淵說：「這件事有勞你斡旋操勞。我可能法力比不上西天帝，但牧天宮法寶眾多，但凡有什麼需要的，你儘管去取。」

「蒼淚！」

「怎麼，我不能動你的東西？」

「不是！我不是……蒼淚！蒼淚！」

「晚上還要排練，我先走一步。」蒼淚站起了身，向其他人告辭：「晚點我會把新號碼傳給你們。」

他說完，走到旁邊拿走自己的樂器盒，頭也不回地走了，只留電話孤零零地架在那裡。

「蒼淚……」

「帝君。」太淵提醒他：「他已經走了。」

「怎麼了？」奇練尚在狀況外：「蒼淚有急事嗎？就這麼走了？」

「帝溟剛剛故意說不和那個人動手，就是想激我罵他沒用，然後去對付燭陰。」帝灝舉起手告訴他：「我才沒那麼笨呢！燭陰那個傢伙難對付得很，我才不要跟他打架！」

這話說出來，大家都……不，其實只有優缽羅和奇練有些尷尬。

手機螢幕裡的畫面晃動了一下，顯然是那邊的手機被東溟掉在了地上。

「既然這樣，那就試試看吧。」熾翼拿了主意：「事不宜遲，我明日便去一趟從極淵。」

「你和冰夷哪來的交情，你去遊說他能有什麼用？」孤虹嗤笑道：「你這樣受不得撩撥的性子，怕不是三言兩語就要和他打起來。」

「說得有理。」熾翼出乎意料地點點頭：「那就讓青鱗去吧。」

孤虹愣了一下。

「是啊，我二哥和青鱗是老朋友了，他們曾經攜手沙場，也算是生死與共。如今見見面、敘敘舊，我二哥念及舊情，說不定就痛快地答應了。」

孤虹瞇了一下眼睛，心裡不痛快起來，他知道這兩人一搭一唱故意氣自己，偏偏這痛腳一踩一個準。

「我也要去！」帝灝在旁邊說。

「帝君，我們就不去了。」奇練把他的手拉下來：「冰夷見到我可能不太愉快，反而不好。」

「但是我想要問那個冰夷討個偃偶。」帝灝說出了自己的理由：「就是他幫帝溟做的那個軀殼吧！做得很不錯，我也想讓他幫我做一個。」

輪到奇練愣住了。

「不要胡說，那是沒辦法……蒼淚不知道這件事，你千萬不能在他面前提起。」他暗自慶幸蒼淚已經走了，連忙叮囑說：「何況你好端端地，要那種軀殼做什麼？」

「你不是不喜歡我化形的樣子？」帝灝眨著眼睛：「我去做一個你喜歡的樣子，那你就喜歡我了啊！」

「不是的……」奇練不知該如何跟他說，主要也是和他從來說不明白。

「要我去見冰夷不難，但是我有些沒聽明白。」青鱗不緊不慢地問：「你們到底是準備渡過黃泉血海，還是要用通明太陽琴代替靡常令重開破天陣？」

「是通陽太明琴。」太淵糾正他：「這把琴大有來歷，是用昔年卷阿主白碧宿雨的本體所斫。如果重開破天陣，用此琴或可能替代遺失的靡常令，冰夷也能夠抵得上白昭和墨錦，但那是下策。最好是能夠仿照鬼仙一脈，度過黃泉血海到達彼界，才能將損失與風險減到最低。」

「如此精打細算，真是你的風格。」青鱗冷笑一聲：「你多半早就把腦筋動到了冰夷身上。」

「你當我樂於自找麻煩？」太淵嘆了口氣：「若是有別的辦法可想，誰也不願意和冰夷那樣的人打交道。」

他這話聽起來倒是有幾分真誠，青鱗也就沒有再嘲諷他。

「先去探探口風吧。」熾翼就此事下了定論：「到了這個時候，我們大家同舟共濟，但凡有力的還需出力，不要再相互攻訐了。」

「話倒是說得漂亮。」孤虹斜睨了他一眼：「也罷，先過了眼前難關再說。」

如此，眾人總算對今後行動有了一個大致的方向。但準備喊人進來結帳的時候，又有了問題。

「只能打六折呢！」太淵轉頭對熾翼說：「不如再湊一個小孩，就能打五折了。」

「又不是你請客，這麼積極幫別人省錢做什麼？」熾翼早已看穿了他：「故意變成小孩湊折扣，那麼丟臉的事我可做不出來。」

「你也知道是別人請客，點了那麼貴的蘑菇還不吃完。」孤虹把高達五位數的帳單丟在桌子上：「你是故意的嗎？」

「請不起的話，我來付就是，什麼打折湊孩子一概不用管了。」熾翼勾唇一笑：「堂堂的蒼王，怎麼散發一股窮酸氣？」

「還真的有點貴。」優缽羅拿起帳單，被上面的數字嚇了一跳：「我都沒注意。多數是我點的菜，不如讓我來付吧。」

「我是兄長，該是我請客。」奇練連忙站起來說：「我身上沒帶什麼錢，不過還有幾顆珍珠……」

「你們兩個湊什麼熱鬧，是錢的問題嗎？」孤虹一把搶過帳單：「這家店雖然味道很好，但價位偏高，誰的錢都不是白白賺來的，能省又何必浪費？」

「也是。」優缽羅點了點頭：「那就我來變成小孩子吧。」

寒華的眼睛驀地一亮，緊緊盯著他。

「我也可以的。」奇練急忙表態，但又疑惑地問：「可是需要這麼多小孩子嗎？」

「凡人也沒那麼傻。」熾翼提醒：「我們這些人進來時都被看到了，誰是小孩誰是大人一清二楚，沒露過臉的變化變化還有點機會蒙混過關。」

他說完，大家看向了坐在那裡的青鱗。

眾人之中唯一沒露過臉的，也就只有他了。

「那我……」

「不行。」孤虹打斷了青鱗：「你變化之後，某人定然要說些什麼難聽的話。」

「你的疑心病越來越嚴重了。」熾翼聳聳肩。

「他們在幹嘛？方才也沒打起來，現在卻要打架了嗎？」一直沒看明白的帝灝問：「是為了那個做什麼都需要的『錢』嗎？那東西到底有多厲害啊！」

在錢財這事物誕生之前，就已經開始獨居印澤的帝君，第一次為金錢的魔力感到震驚。

「與其說是為了錢，不如說是要爭個上風。」奇練低聲告訴他：「他們從前便鬥得厲害，坐到一起吃飯已經很難，要和和氣氣到最後是絕不可能的。」

「所以不打架了？他們這樣說來說去的有什麼意思，倒不如打一架，贏的人把輸的吃掉就是了。」帝灝用自己的邏輯做了總結：「我以前都是如此，但凡不服我的，吃掉便清淨了。」

「那可不行！」奇練急忙說：「也不知乾不乾淨，怎麼就敢吃呢！」

「也是，味道多半都不太好。」帝灝向他保證：「以後不會吃了，以後別人給我的東西我都不吃。」

奇練點點頭，總算是放心了。

大皇兄這些年應該經歷了許多，才會變得如此……大智若愚吧！

旁觀的太淵帶著微笑，心中作如是想。

最後是優缽羅制止了他們無休止的相互鄙薄，也成功地打到了五折。

「一、二、三、四，一共四個小朋友，正好可以打五折。」過來結帳的服務生笑咪咪地說：「剛好六千六百六十六，請問哪位付帳？」

孤虹用手機掃碼付錢，付完了之後搖晃了一下手機，結果紅包只有一元，他不滿意地嘖了一聲。

「都是騙人的伎倆。」他很不高興：「我從沒搖到超過一塊的紅包。」

「就是噱頭。」青鱗在旁邊附和：「那些彩券抽獎，也都是騙錢的手段，不能當真。」

「走了走了。」孤虹對大家說：「別忘了東西。」

熾翼走在最後，若有所思地看著走在最前面的孤虹和青鱗。

「他們前幾年在塵世生活，還學凡人找了工作存錢買房，似乎挺樂在其中。」太淵和他說：「就和我們之前有段時候一樣，你還記得嗎？」

「那時候也挺不錯，人間煙火……確實有滋有味。」熾翼吁了口氣：「都是這見鬼的異變，真叫人煩躁。」

太淵拉住了熾翼的手。

「我們活了這麼多年，也已經相伴過了很久，按說也不該逆天強求，順應著消長才是正途。」他用拇指摩挲著熾翼的手背：「到現在還想著破天渡海，不過是因為我捨不得你，還想著每日睜開眼睛能看到你，一伸手就能摸到你，長長久久地與你廝守下去……」

他話還沒說完，只覺得整個人騰空而起，被抱到了熾翼溫暖的懷裡。

「就你說話好聽。」熾翼輕笑著說道：「你也不用賣慘，我何時說我不想活了？那麼些事都經歷過來了，不就是破天渡海，又能算得了什麼？」

走在他們前面的優鉢羅只覺得手指被握得緊了一些。

他低下頭，對著仰望他的寒華笑了笑：「寒華，我也是那麼想的。」

縱然他心崇佛法，覺得萬物理應趨於自然生滅，但真正到了抉擇時刻，還是想要逆反天意，不願割捨了心中摯愛。

寒華嘴角微揚，有了一個類似微笑的弧度。

「花……花。」優鉢羅抱在懷裡的小寶寶看起來才兩、三歲，話都說不清楚，模樣可愛至極。

寒華的嘴角立刻垂落下來，看到那隻小畜生捧著無瑕的臉，試圖親上去的時候，目光更是驀地銳利起來。

「不行。」優鉢羅把頭挪開：「若是這樣，以後再也不帶你出來玩了。」

寒華這才臉色稍霽。

寶寶小石扁起嘴，終究不敢違逆他的意思，只能趴在他肩上一臉傷心。

前面同樣被抱在手裡的帝灝瞧見了，親了一口奇練的臉頰，一副洋洋得意的模樣。

被比下去的小石哇地哭了起來，任憑寒華用目光威脅也毫不收斂。

奇練猝不及防被帝灝親了一口，只能無奈地嘆了口氣。

「難不成……」走在前頭的孤虹剛好看到這一幕，忍不住用眼神詢問青鱗。

「多半是。」青鱗答道。

這兩人彷彿打啞謎般一問一答，帝灝毫無所覺，奇練卻抬起頭來看了他們一眼。

「我的事就不勞二位費心了。」奇練對著他們二人說道。

青鱗清了清喉嚨，低下頭去，孤虹撇了下嘴，看向了另一邊。

一行人走到店外，此時天色已經全暗了下來。

「先就此別過了。」奇練朝眾人道別：「冰夷那邊我可能幫不上忙，若是其餘能出力之處，儘管傳話來印澤就是。」

「少不得要藉助帝君的本領。」熾翼沒跟他客氣。

約了近日前往從極淵，孤虹和青鱗也走了。

「無名，我近些年一直想去找你，偏偏總有事情絆著。」熾翼放下太淵，抓住優缽羅的手戀戀不捨地說：「待此間事了，我們要長久地聚一聚才是。」

「好。」優缽羅笑著點頭：「改日再聚。」

寒華看了太淵一眼，太淵朝他行了個禮。他冷哼一聲，揮了揮手，那剛剛收斂了哭聲的小石變回了巴掌大的狐形，掉進優缽羅口袋，而他則伸開手示意對方將自己抱到懷裡。

待分開走出一段路後，熾翼才開口問太淵：「方才你和寒華眉來眼去的，是什麼意思？」

「破天陣中，叔父為我分擔了追擊反噬，我才能及時抽身。」太淵解釋道：「你知道他的性格，就算我當面道謝，他也未必願意理我，我又於心不安……」

「是嗎？」熾翼想了想：「我就覺得你當時行動怪異，原來是想讓寒華和青鱗替你擋住，好讓自己脫身離開。」

「我也是審時度勢，畢竟說到法力，我比他們兩個差了許多。」太淵絲毫沒有覺得羞愧的意思：「那樣的危急情況，我只能隨機應變。」

「那倒是事實。」熾翼問他：「不過你明明沒被太和印波及，為什麼要變作幼年模樣？」

「同舟共濟之時，最好是要患難與共，方可生出更多結伴求勝之念。」

「你真是什麼時候都有道理。」熾翼從口袋裡掏出菸，往後面看去。

他們走的這條路燈光幽暗，只遠處有幾個人影，也不知道優缽羅和寒華是直接回長白，還是會一同散散步。

他剛把菸叼到嘴裡，準備點火之時，就被人抽了出來。

「熾翼，我知道你喜愛坦濕光明，不屑我這些卑劣手段。」太淵變回了成年模樣，從身後把他摟在懷裡：「要說法力本領，我在眾人之中最是低微，著實配不上你。」

「要真是按著法力來選，你覺得誰配得上我？東溟？帝灝？」熾翼側過頭：「按照性情呢？無名？奇練？你覺得他們這些人裡，誰和我最是般配？」

就算知道他不可能是真心的，太淵的臉還是扭曲了一下。

「要說這世上合適般配我的人，怎麼也輪不到你，偏偏我就被你抓在了手裡。」

熾翼把菸拿了回來，不過也沒了抽的興致：「太淵，我知道你多疑的性子永遠也改變不了，可若是你要拿我當藉口，私下做些讓人生厭的勾當，我也饒不了你。」

太淵愣了一下，立刻慌了。

「熾翼，我沒有其他意思，也絕對沒有背著你做壞事！」他一副發毒誓的樣子：「只是我總忍不住想，若是有朝一日你後悔和我在一起，那我就……」

「你就怎樣？哭著求我還是毀天滅地？哪一種我都承受不起，你饒了我吧。」熾翼推開他：「你有時間就想想自己在這世上有多少可怕的仇人，好好練練法術，免得一不小心被他們弄死了，還要被說罪有應得。」

他說完便朝前走去。

「論法力本領，我可能及不上很多人，也有無數仇敵……」太淵看向另一邊的屋簷，意有所指地說道：「但就算他們人人恨我入骨，到今日也還是只能在嘴上討便宜。因為他們很清楚，真要殺了我，你第一個不會答應。」

「真不要臉。」熾翼的笑聲在街上迴盪。

太淵抿唇一笑，叫了一聲他的名字，快步跟了上去。

一旁的屋脊背後，孤虹被青鱗捂住嘴用力抓著，才沒能衝出去將那兩個不要臉的傢伙碎屍萬段。

「你拉著我做什麼？」等到那兩人走遠，孤虹立刻狠狠地踹了他一腳。

「他擺明是故意氣你。」青鱗不敢躲開，抓住他的腳踝解釋：「你可見到有誰在言語心計上能贏得了他？和他論理，不過就是讓你更加生氣罷了。」

「我就知道！」孤虹咬牙切齒地說道：「太淵這個賤人，根本就是假裝受傷，卑鄙……喂！你幹什麼？」

青鱗眨了眨眼睛，面上呈現出茫然的表情。

「放手！」孤虹這才意識到自己穿了寬鬆的褲子，如此抬腿曲起……他頓時耳根發熱，但臉上還是端著架子。

「此後我們還需要太淵。」青鱗進一步解釋：「冰夷性情詭譎，我們得讓太淵看著他，所以怎麼也得忍到這件事了結之後。我答應你，到時一定幫你出這一口惡氣。」

「那些……我知道了……你先放開我！」孤虹咬牙切齒地說道：「把你的手拿開！」

「孤虹，你莫要生我的氣了。」青鱗順勢把他困在雙臂之間：「從今往後，我什麼都依著你，那些過去的事情就讓它都過去吧。」

原本腰肢發軟的孤虹一聽，頓時變了臉色，一把將他掀翻到了一邊。

「難道我生你的氣，你就不依著我了？」孤虹冷漠地站起身：「什麼過去不過去？那賤婢看著你的樣子，顯然還存著舊情復燃的心思。」

「可是那跟我……」有什麼關係？

「對，不能怪你，你也沒那個膽子！不過我看到你這副樣子就討厭，別跟著我！」孤虹撇過頭，越說越是惱火，一甩衣襬隱去了身形。

「你要是不喜歡我這樣，我變回去就是了！孤虹！孤虹！」青鱗大為焦急，慌忙跟了上去。

「剛剛是不是北鎮師的聲音？」奇練回過頭看向聲音傳來的方向。

帝灝叼著剛剛買來的棉花糖，一臉懵懂地看著他。

「許是聽錯了吧！」奇練笑了笑，問道：「帝君，我們是再走一走，還是回印澤？」

帝灝沒有立刻回答。

「那就再走一走。」奇練看向另一側熱鬧繁華的街道：「應該有許多帝君會喜歡的有趣事物……啊！說不定，還會遇到您喜歡的、有趣的人呢！」

他抱著帝灝，慢慢朝那個方向走去。

「明珠，你心裡是不是……」帝灝低頭看著手裡粉色的棉花糖：「還在恨我？」

奇練搖搖頭，一臉平和，帝灝只覺得原本甜甜的嘴裡泛出苦味。

「明珠，我會幫他們到那一邊去的，我能做到！你就、你就……不要恨我了吧！」

他結結巴巴地說：「我知道我以前不對……」

「帝君。」奇練停下了腳步。

「什麼？」帝灝頓時繃緊了身子。

「弄髒了。」奇練傷腦筋地看著自己沾上粉色糖絮的衣服，「這種東西……可能洗不乾淨了。」

帝灝嚇得鬆開手，棉花糖掉到了地上。

奇練抱著他，彎下腰撿起棉花糖，丟進了一旁的垃圾桶。

「待會幫你買其他的吃吧。」他溫柔地說道。

帝灝鬆了一口氣，軟趴趴地窩在他懷裡。

「明珠，你還真是狠心……」

「有嗎？」

「有啊！但是，我還是最喜歡明珠了。」帝灝在他的胸前蹭了蹭：「明珠是我的，我一個人的。」

奇練彎著嘴角，並沒有贊同也沒有反駁，抱著他往燈火闌珊處走去。

有人在深淵之中抬頭上望。

天河如水，星夜與月色閃爍相和。

他垂下的指尖撫過琴弦，琴音在山壁間盤旋環繞，發出冷冷空鳴。

白色的桃花落在他的肩頭，他輕輕一笑，回首看向那株自山壁間長出的桃樹。

「他們就要來了。」他抿起緋紅的嘴唇，也不知說給誰聽。

又一朵桃花從枝頭落下，順著他的長髮，落進一旁幽暗無底的深潭。

平靜的水面，蕩起了一層又一層漣漪。

——番外二〈藏器以待時．下〉完

高寶書版集團
gobooks.com.tw

BL024
焚情熾之涅槃

作　　者　墨　竹
繪　　者　Leila
編　　輯　林紓平
校　　對　任芸慧
排　　版　彭立瑋

發 行 人　朱凱蕾
出　　版　英屬維京群島商高寶國際有限公司臺灣分公司
Global Group Holdings, Ltd.
地　　址　臺北市內湖區洲子街88號3樓
網　　址　www.gobooks.com.tw
電　　話　(02) 27992788
電　　郵　readers@gobooks.com.tw（讀者服務部）
pr@gobooks.com.tw（公關諮詢部）
傳　　真　出版部　(02) 27990909　行銷部 (02) 27993088
郵政劃撥　50404557
戶　　名　三日月書版股份有限公司
發　　行　三日月書版股份有限公司/Printed in Taiwan
初版日期　2019年9月

國家圖書館出版品預行編目(CIP)資料

焚情熾：涅槃 / 墨竹著.-- 初版. -- 臺北市：高寶國際, 2019.09-
冊；　公分. --

ISBN 978-986-361-717-4(平裝)

857.7　　108010397

三日月書版

三日月書版

GOBOOKS
& SITAK
GROUP©

GOBOOKS
& SITAK
GROUP©